吹上奇譚
第一話　ミミとこだち

吉本ばなな

幻冬舎文庫

吹上奇譚　第一話　ミミとこだち

雪の続く三日目の夜は　燃える暖炉の赤い火が
人の形に見えたのよ　あなたはやく帰って来て　ＨＯ ＨＯ
雹《ひょう》に変った四日目の夜に　真夜中の電話誰からかしら
きっと知らない人からよ　あなたはやく帰って来て
あなたはやく帰って来て　はやく今すぐ帰って来て
雨の上った五日目の朝　あなた出かけて行ったあと
ラジオニュースをつけるのよ　事故にあってたらどうしよう

オーロラB　作詞：戸川純

この小説は私が子どものとき大好きだった映画
「ファンタズム」に感謝の気持ちでオマージュを捧げています。
なのでもし、この映画を知っている人にはところどころおや？　と思ったり、
笑ってしまうことがあるかもしれませんが、そういうことです。

「海と山に囲まれた孤島のようなこの吹上町は特別な場所で、奇妙な言い伝えがいっぱいありました。そういう昔話がほんとうはどういうことだったかもなんとなくわかっているし、みんながそれをうまく物語に置き換えて納得してきたのであろうことも大人になったらわかってきました。私は外に出て初めて、ここがとても変わったところだということを知ったんです。

この街についてふりかえると家族にまつわるつらいことも思い出すことになるので、ついつい後回しにしてしまい、いっしょに街を出た妹ともそのことをあまり話せずにいました。

先週、妹がひとりで帰省して、実家から姿を消したのです。

私のかなり正確な直感は妹が無事であることをしっかりと感じています。でも少し不安になってきました。妹には向こう見ずなところがあるのです。

妹は無事なのでしょうか？　妹を探し出すことができるヒントはありませんか？　私は妹を失いたくないのです。もし妹がこのまま帰ってこなかったら、私はいっしょに行動していなかった自分を責めてしまい、もう普通の気持ちでは生きていけません。

こんなとき、私は一種のパニック状態に陥ってしまい、自分でもどうしたらいいかわからなくなってしまうんです。お支払いできるものがあまりないので短時間しか予約ができず、質問責めにしてしまい、ごめんなさい。」

ものすごいサイキック能力を持っているというこの人たちを、半日や一日貸し切るにはお金の束を積まなくてはならない、よほどの財力と勇気がある人でないと観てもらえない、芸能人や政治家が東京からおしのびで訪ねてくる……そんな噂を聞いていたので私はかなり緊張していた。

午前中最後の一時間であればあなたが払えるだけでいいと電話に出た少女が言ってくれたので、思い切って予約した。まさかその少女が占い師本人だったとは思ってもいなかった。

高台にあるこの家の窓の外にはこの街特有の、秋の初めの夜明けに濃く出る霧がもう発生していた。霧は午後近くなってもまだたちこめていて、私の気持ちをいっそうぼんやりとさせた。

ここにいないときはすっかり忘れてしまっているけれど、そういえばここは夏の終わりからこんなふうに霧が出始めることもあったのだということを、まざまざと思い出した。

山の方からゆっくり降りてくる濃厚なミルクのような色をしたこの霧に包まれると、頭がぼんやりとして何も考えられなくなってしまう。懐かしさでメランコリックな思いが満ちてくる。そのはかなく美しい感情はとても強くて、自分の胸のうちの情緒的な部分だけが何倍にもふくれあがる。悲しみも幸せもみなほんとうの姿よりも増幅されてしまい、心の中の世界のほうが現実の動きよりもほんものらしくなる。そしてそちらに何かを吸いとられたかのように、現実の自分は潑剌と行動することができなくなる。

東京から電車やバスを乗り継ぎ二時間くらいで来ることができるのに、あまり多くの人が観光で訪れるようなところではない。言い伝えでは遠い昔にこの街には他の次元へ開く扉があったとされている。

いらかの波みたいに重なり連なる小山に囲まれた街は湾に向かってなだらかな坂になっている。湾はいつも穏やかで鏡のように澄んでいるので、鏡湾という名前を持っている。その湾に沿って漁港と小さな海水浴場がある。昼は海に反射する光が小さく輝き、夜になるとまばらな明かりがちりばめられる。

宝石箱のようにきれいで小さなこの街だが、思い出すときにはいつも悲しみのフィルターがかかっていた。

＊

私の両親は十数年前に大きな交通事故にあった。

その事故で父は亡くなり、母は寝たきりになってしまった。

それなので小学生のときに、私と二卵性の双子の妹こだちは、母の遠い親戚であるとされている、そしてすっかり父の親友にもなっていた夫妻、この街で手作りアイスの店を営むコダマさんと奥さんの雅美さんの家に引き取られた。

「あるとされている」というのは、母の過去は謎に包まれていて、母本人や私たちでもわからない部分がたくさんあるからだ。

コダマさんは働き者で実直な人だ。

地味な顔をしていて、頭のてっぺんははげているが長く伸ばした後ろの髪を結んでいて、甘いものが好きなだけのことはあり、お腹がぽんと出ている。

とにかくおいしくアイスを作ることしか考えられないコダマさんを崇拝し溺愛する奥さんの雅美さんは、私たちを内心では「いつまでいっしょに住むの？」とうとましく思っていたと思う。

それがしみじみと伝わってきていたのでコダマ家の居心地は決してすごくいいとは言えず、さりとて母も目覚める気配がなく、私たち姉妹は十八歳のときにいったんこの街を出た。

＊

妹のこだちは優男だった父に似てぱっちりした小さなかわいらしい目をしている。丸顔であごの線も父そっくりで、私よりも背が低くて、動物にたとえるなら子りすのような感じだ。

簡単に言うと日本の男の人にいちばんもてるタイプで、アニメに出てくるかわいい女の子みたいな風情。

洋裁とデザインが本業の彼女は自分の着る服はみな自分で作っていたが、おまえはアーミッシュかと言いたくなるような、簡素な色と形のものばかりだった。「あ、こだちか。地味すぎて木かと思った」というのがたいていのときの私からのからかいの言葉だ。

私はどちらかというとボーイッシュな服装が好きで、そばかすがあり、すっぴん。うす茶色い髪を首のあたりでさっぱり切りそろえ、おかっぱにしている。

いつもデニムにパーカーみたいな服装で、体はオリーブみたいに細く胸はほとんどない。自分で言うのもなんだが、切れ長の目で美人の母に顔だけは似ている。しかしやたらにスタイルがよかった母みたいに色っぽくはない。体を動かすのが好きで、卓球やボクシングを趣味としている。背が低いのでバスケとか陸上には行かなかった。

口の悪い友人たちは私たち姉妹をお笑い芸人の「尼神インター」の「誠子と渚」みたいだと言うけれど、あんまりだと思う。せめて「宮崎あおいと二階堂ふみ」(歳や背格好が似ているから)くらいにたとえてほしいと思う。「清楚な感じと少しワイルドな感じ」と言えばいちばんよく伝わるだろうか。

とにかく私たちの見た目は、そんなふうだった。

*

私たちは事故以来眠ったままの母をふるさとの病院に預けたまま、変な言い伝えもなく突き詰めてはいけない話題もない、無名のものになれる東京の小さなアパートで、浮かれた女子大生の夢のような二人暮らしをひたすら楽しんでいた。

そしてそんな日々は当分のあいだ続くと心から信じていた。

その生活にはなんの問題もなかったから、いつか故郷に戻ってくるにしても、きっとまたこだちと住む部屋を探して似たような暮らしをするのだろうと思っていた。

人生の前半にいろいろありすぎたから、そのまま生きて死んでいくだけでこの人生はもう充分すてきだと思っていたのだ。

＊

私が一気にいろいろなことを告げると髪の長い少女は静かに頷き、隣に横たわる老婆の耳に囁きかけた。

老婆は天蓋つきの美しい寝台に、真っ黒な分厚いコットンドレスを着て横たわっていた。シルクでもない、レーヨンでもない、コットンなところに妙なリアリティを感じた。

ベッドに角度がついていて頭が少し起き上がっており、少女が体をかがめるとその神秘的な雰囲気をたたえた美しい形の唇はちょうど老婆の耳のあたりになった。

老婆には薄いブルーのカシミヤの毛布がふんわりと柔らかくかかっていた。ベッドサイドのクリスタルガラスの花瓶には、大きな赤い薔薇《ばら》がたくさん生けてある。そこから鮮やかな香りがほんのりと、美しい人のほのかな香水みたいに漂ってきていた。

少女は言った。

「彼女の霊言を私が訳して、あなたに伝えます。それが私たちの行っているサイキックカウンセリングです。」

生まれてこのかた、このようにむだに広くて全てのものが高級な素材でできている住宅に入ったことはなかったので、ただただ圧倒されていた。

縞模様が入ったグレーと白の重厚な大理石、薄い色の繊細なヴェネチアングラスでできた巨大なシャンデリア、見たこともないくらい細かい織りの分厚いじゅうたん。じゅうたん屋のいちばん奥の壁にかかっているようなやつだ。数百万とか一千万とかするに違いない。

カーテンは見るからにいい布でドレープがぶ厚く重く、その下の白いレースはうっすらと透けて蜘蛛《くも》の巣のように揺れ、窓全体に刺繍がしてあるかのように美しい模様の影を作っていた。

私は映画でしか見たことのないそういったものにただ見惚《みと》れていた。

静寂の中に息づくそれらから漂ってくる現役感はいったいなんだろう？　と思っていた。全てに手がかかり、放って置かれていない。部屋にある全てのものが命を持っているような感じがした。

横たわっている老婆が急に小さな声でなにか囁いたので私はびっくりした。とても意識があるようには見えなかったからだ。

「あなたは信じますか？」

老婆の言葉を語るとき、少女の声はいっそう冷たく感情がないものになった。

少女の目の下には、そのぱっちりした大きな目と同じくらいに大きな青い星が一筆で描いてあった。その位置とデザインは無造作に見えて完璧なバランスだった。この位置でなくては魔術が働かないんだ、とその青い星が告げているように思えた。

「こう見えても私たちは双子の姉妹なのです。この力を得るために、ひとりはずっと大人になれないまま生きなくてはならず、ひとりは老婆の姿になりました。ですから実は私たちの年齢は同じなのです。この姉の肉体が死ぬときに私もこの姿のままで死に、私たちの仕事は全て終わります。今、姉は眠りの世界に住み、私の言葉だけを聞き分け、クライアントにとって重要ななにかを眠りの世界から見つけてきます。その情報は正確です。眠りの世界では、みながつながっているんですからね。」

少女は言った。

「信じるかどうかはまだ決められないのですが、納得している自分がいます。」

私はうなずいた。

あまりの気味わるさに、どうかこの姉妹の商売に名プロデューサーがついていて、これはセットで、みんな作り話でありますように、と願いたくさえなった。

魂の奥まで見透かされているようなひやひやする感じ、ここにいたらどんなことが起きても、たとえば殺されてもおかしくはないという緊張で体も硬くなっていた。部屋の隅々から霊気のような濃い何かが立ち昇っていて、ここが特別な場所であるということを思い知らされた。

観てもらいに来ておいて自分でも矛盾していると思うけれど、インターネットに全くこの人たちの情報が載っていないことからも、ここが大きな力と繋がっていることがわかった。

「虹の家」と呼ばれているここにやってきてこの人たちに観てもらうことは、この街の人たちの「最終手段」と呼ばれていた。最終手段を使う段階には全くなかったのに、私はどうしてもここに来なくてはいけないと直感していた。そして来てしまった。むこうみずなのはこだちだけではない、「私」こと「コダマミミ」もそうだった。

「信じなくてもよいのです。その力のみによって、私たちはこの暮らしを手に入れました。あなたの心にどれくらい、未知なるものを受け入れる柔軟性があるのか、試しただけです。」

私の心を見透かすような目をして、少女はじっと私を見た。寝ている老婆がまた小さな声でなにか言った。今度は少し長く。何語か全くわからない言葉で。

「いちばんの問題は。」

少女はここでいったん言葉を区切った。私は真剣に待った。

「あなたが妹さんに関して、つまり愛するものを失いたくないということに関して、一生懸命すぎることです。その尋常ではない心配のしかたです。あなたの経歴を考えるとむりもありませんが、その力みが異様なレベルであることにほんとうに気づくことが、あなたの人生を取り戻す鍵です。

その心を根本から癒しゆるめないと、あなたは持って生まれた才能である、さっぱりした良い性質や直感に優れた才能を発揮できません。愛する人やお子さんができたりしたら、いっそうその苦しみは増すだけです。苦痛と不安にまみれ、ゆっくり死んでいくのと同じ人生になります。まあ、人生っていうのはいずれにしてもゆっくり死んでいくものなのですが、本来のあなたが発揮されずそのままで死んでいくのは一種のカウンセラーである私たちとしてはいただけません。天職なので、一度でも会ってしまうと私たちはその人を放っておけなくなってしまうのですから。」

その通りだ、すでに彼女の力に強く打ちのめされたような気持ちで私は思った。

私の問題はそれなのだ。

妹が今姿を消していることは表向きとても大変なことだが、その根底には怯えきった幼い自分がいる。私はきっとそれとどうしても向き合いたくないのだ。

「あなたのお父さまはお気の毒ですがもうこの世にいらっしゃいませんね。お母さまのほうは交通事故をきっかけに、眠り病になったままです。うちの姉と同じ病気で、この街の風土病です。この病気のことは街のタブーとなっていますが、まだ何人かの患者が何十年も眠ったまま生きています。幸いうちの姉は特殊な力によってこうしてお仕事ができますし、介護も最低限ですむようになっているのですが。

お母さまはとても美しく、強い方です。ユーモアもあって、ポジティブで、すばらしい女性です。ちょっと身持ちが悪いのが玉に瑕《きず》でしたね。あなたたちの本当のお父さまが留守だったとき、何人の恋人やあなたたちを養ってくれる候補ができたことやら。遊び好きの、陽気な方ですからね。」

私はまっすぐに彼女を見てうなずいた。

「そして妹さんは、ご自身が半分異世界人だということや、お母さまを目覚めさせる可能性があることを確かめるためにこの街に戻ってきたんですよ。お母さまはかつて一度眠り病から目覚めています。だから他の患者さんとは違うんですよ。告げれば手伝うと言うに決まっているから、あなたには詳しいことを告げずに来たのでしょう。」

彼女はさらっとそう言った。

「そんなこと……！　異世界って、宇宙の異星ですか？　それとも別次元？　地底世界とかですか？　この街には不思議な穴があって、そこが別の世界に通じていたという言い伝えは私も知っています。それから、そのことと眠り病のことが、なんとなくではありますがこの街でタブーになっていることも。でもそれが現代の私たちに関係あることだとは思っていませんでした。確かに私の母の病室は病院の中の特別な、あまり目立たない棟にあります。治療法はないそうです。普通の昏睡と違って、代謝も体温もとても低くなるので、あまり年を取らないように見えます。そしてゆっくりと死んでいくのだと、もう目覚めることはないと担当の医師からは聞いています。」

私は言った。母のことを人に話すといつも目の前が暗くなる。

今こうしている間も、母は眠りの世界の中にいるのだということをまざまざと思い出してしまう。

彼女は淡々と続けた。

「地球上にはいくつか異世界への入り口があり、たまたまこの街にもかつてそれがありました。それがつながっていた先を、異星と呼んでも異次元と呼んでも同じことのように思えます。それはただそこにあるのですから。誰もそれが何だったのかを知りません。文化文明科学の違いもさほどない、ただ違う世界とつながっているポータルがあり、それを昔の人は受け入れ、そしてある時代にまたそれが閉じてつながりがなくなっただけなのです。

閉じたのは明治の初期だと言われていますが、それ自体は大した問題ではありません。妹さんはあなたのことをとても愛していて、忠告していますよ。アイスばっかり食べていないで、ちゃんと食事をとるように、と言っています。妹さんの意識はしょっちゅうあなたのそばを訪れています。

私たちの才能をあなたに信じてもらうためにあえて申し上げますと、妹さんは貸していた指輪をあなたにあげると言っています。おにぎりターコイズの、と彼女は言っています。」

私の目からぽろりと涙が流れた。

私の指にある「おにぎりターコイズ」とこだちが呼んでいた三角の石がはまったそのリングをお守りのように、こだちにつながっている命綱のように身につけていた。

別れるとき借りてからまだ一度も会えず、返せていなかったのだ。

「妹がもし死んでいたら、私も死のうと思っていました。」

思いがけずに私の口から出た言葉は強く、涙は止まらなくなった。自分でもわからないほどに、私はよほどこだちに会いたかったのだろう。涙がおさまるまで少女は黙って待っていてくれた。その待つともなく待つ姿勢は私を落ち着かせた。待っていないわけでは決してない、しかし急《せ》いてもいないし、自分の存在を押しだすこともない。ただそこにいて、いないわけではないというあり方。この人はそうとうな達人だと感じた。

＊

「ミミちゃん、その青いシャツには絶対これが合うって！　ミミちゃんはせっかくママ似の美人なんだから、ちゃんとおしゃれしたらもっとすてきになるよ。なんでも貸してあげる。私の持っているシックなものをなんでもかんでも。」

それは先週のことだった。まん丸の目をしてこだちは言った。ほんとうに優しい妹なのだ。いちばんだいじにしているものを、いつでも私に惜しみなく貸してくれる。

リングを差し出す彼女はお気に入りのオリーブ色の地味なデザインのワンピースを着て、裸足で、足には真紅のペディキュア。そしていつも通り機嫌よくにこにこしていた。

あんなにもいつも機嫌のいい人を私は他に知らない。彼女の笑顔は、それがたとえ彼女が人生の厳しさから彼女自身を守るためにあるものだったとしても、向けられた相手が「あなたがこの世にいて嬉しい」と言ってもらっていると感じるような笑顔だった。

その日、私は新しく知り合った年上の男の人と初デートに行くときだったから、喜んでそのリングを借りた。

「ありがとうこだち、いつも優しくしてくれて、ありがとう。」

「ミミちゃんが幸せになるんだったら、それは私の幸せだからね！　やきもちはやかないよ。」

気のいいこだちはすぐにそういうことを言う。

「コダマさんによろしくね。アイスクリーム食べすぎないでね。あと、ママによろしくね。私も月末には会いにいくって伝えて。」

私は言った。

「今夜は雅美おばさんがパエリア作ってくれるって言ってた。私だけ食べて申し訳ないからおみやげにアイスを持って帰ってくるよ。」

こだちは屈託のない笑顔で言った。その表情の下に大きな決意が潜んでいることを、私は全然気づかなかった。

「いいよ、気をつかわなくて。どうかゆっくりしてきて。」

私は言った。

「帰ってきたらチェ・ジウの新しいドラマの続きを観よう。ひとりで先に観ないでよ。」

こだちは笑った。

「続きを借りるだけ借りて観ないでおくよ。」

私は言った。

そしてそのＤＶＤは借りたままになっていた。テレビの脇にはレンタル屋の袋がぽつんと置かれたままだ。こんなに長い間観ないままになるはずじゃなかったから。私たちの失われた週末を考えると胸がきゅっとする。

「ねえ、こんなふうに過ごせるなんて、私たちってほんとうに幸せね。こんな穏やかな気持ちで毎日暮らせるなんて。まるでおいしい水のようにこの毎日を味わっていたいくらいに。ミミ、私、東京に来てよかった。こういう時間が私たちには必要だったんだ。ありがとう。ここで暮らせたことで私は今、やっと私になった、だから行動できる。そんな感じがするのよ。」

突然にこだちはそう言った。きらきらした瞳、優しいまなざしだった。

「それだったらよかった。でも私も全く同じ気持ちだよ。」

そう言って、私は大して気にもとめず玄関を出た。

＊

「眠っているママを置いてはいけないから、東京で暮らすなんて絶対いやだ」と言うこだちを私はむりやりに引っ張ってきた。

ほんのしばらくでもいいから故郷の重苦しい磁場から離れて、自分たち自身の人生を見直してみようと説得したのだ。こだちは母は目覚めると信じていたが、私はすでに半分以上あきらめていた。目覚めないで母が一生を終える可能性を冷静に受け止めて、自分とこだちの生きるべき将来を考えるのが姉としての自分の仕事だと思った。

「ママがああなってからずいぶん時間が経った。私たちは今、目覚めるかどうかわからないママのそばで悲しんでばかりいるよりも、学校に行き将来のために学ぶときだよ。ママのことでノイローゼみたいになったままここで進学して年をとっていくよりも、いったんここを離れてリラックスして過ごしたことが、必ず役立つ日が来ると思う。自活のめどがついたらママのもとに戻って一生でもなんでも看病しよう。」

そう説得した。

私たちは東京の下北沢に小さな部屋を借り、そこからこだちは洋裁の専門学校に、私は短大の文芸学科に通った。

卒業してからこだちは友だちの劇団のために衣装を作ったり、注文を受けて結婚式のドレスを作ったりするようになり、依頼が細々とだが絶えないのでこつこつと働いていた。

私は友だちのやっているバーをピンチヒッターで手伝ったり、ボクシングジムやヨガスタジオの受付をしたり、ライターのバイトをしたりしていた。いろいろなことが軌道に乗りそうで乗らない、だから帰れそうで帰れない、そんな中間のそして期限つきの自由な日々を楽しんでいた。

こだちの仕事が安定して地元でもできるようになるまでは、私も東京にいて炊事や掃除を担当し、私のほうが時間があるのでひんぱんに母のお見舞いに地元を訪れよう、いずれにしても母を最後まで見捨てはしない。どんなに目覚めなくても、触れると手が死人のように冷たくて悲しくても。

そんなふうに心に決めていた期間の中にそのとき私たちはいた。

心はデートに向かってまっすぐ飛んでいっていたから、こだちにしばらく会えなくなることも知らず、そのまばたきや笑顔の輝き具合を目に焼きつけることもなかった。

そのときのデート相手とは話が盛り上がらず、ちっともうまく行かなかったというのに。もう顔もあんまり思い出せないくらいだ。

がっかりした気持ちで帰宅したらもうこだちは出発した後で、部屋はがらんとしていた。

自分のことしかしゃべらない男だったし、お寿司をすぐに食べないで目の前に置いてしゃべってるんだよ。ごちそうになってるから言えなかったけど、心の中で「早く食べなよ」とずっと思っていた。それから、私がインドに一ヶ月ヨガの修行に行ったって言ったら、汚いものでも見るみたいな顔をした。見た目は良くってもあんな人、合うはずなかったんだよね、そんな話をこだちとしたかった。

お互いを絶対に味方であると決めていたから、何があってもこだちのことを信頼できた。けんかしているときでも、絶対の信頼、そして決して嘘をつかないこと、優しい言葉で話すこと。そういうことを心がけ、しがみつき合うようにして私たちは父の早い死を乗り越えいっしょに暮らしてきた。私たちは双子であっても一卵性ではなかったけれど、それ以上にお互いのことをわかっていたのだ。

その夜こだちからは連絡がなく、きっと疲れて早寝してしまったんだろうと私は思っていた。

翌朝、コダマさんから「こだちがメッセージを残して出かけたまま帰ってこない」と電話があった。

私はあわててこの街にやってきた。

そして実家（と呼んでいるコダマさんのおうち）でこだちからの連絡を待ち、何回もメッセージを入れたり電話したりしてみた。しかし彼女の携帯電話の電源が入ることはなく、メッセージも既読にならず、こだちはそれから一週間帰ってこなかった。

この街の警察は街の多くの土地を持つ地主と密接な関係にあり、その一族は何かと目だつ私の母のことをあまり好きではなかったと聞いていた。母が街の歴史についてものを書いていたり、亡くなった父がよそ者だったからだろうと思う。だから両親の交通事故のときも、陰謀だとか暗殺だとか、いろいろな噂が飛びかった。

そのせいもあり「またすんどうなことをこの一家が起こしてくれた」みたいなのが露骨にわかる対応で、成人がふらりと消えて一週間やそこいらではまだとても動けないとそっけなく言われただけだった。

こだちの置き手紙には「お母さんの病気についてちょっと調べたいことがあり、この街とその周辺をしばらく散策してきます。ちょっと離れたところにも行くかもしれないけれど、すぐ戻ります」と書いてあった。

わけのわからないままに、すぐ会えるはずだったこだちに会えない毎日は、体の半分がすかすかしてどうにもやりきれなかった。

やりきれないということをしゃべる相手もいつもこだちだったから、やり場のない気持ちで数日を過ごして、ここにやってきた。

そこまで考えた私はふと気づいた。

待てよ、私が小さい頃から、この「虹の家」の占い師は少女と老婆の組み合わせであるという噂だったではないか。

もしかしたら彼女たちは歳を取らず、ずっと同じ人たちなんじゃないのか？　そう思うとぞっとして、今すぐ逃げ出したいくらいの気持ちになった。落ち着け、と私は自分に言い聞かせた。今こわいイメージを持ったらきりがなくなる。せっかく来たのだから、しかもきっと一生に一回しか会わないような人たちに違いないのだから、差別も勘ぐりもなく思い切り接しよう、そう思おうとした。

＊

「そうそう、今はとにかく不安を捨てて、私たちから全てを吸収するときですよ。」

少女が言ったので私はどきっとした。少女は続けた。

「あなたの育てのお父さんはこの街でアイスクリーム屋さんをやっている。ああ、コダマさんですね。ごめんなさい、最後のは私の個人的なコメントです。あそこの昔から変わらない手作りの素朴なアイスクリームが大好きなのです。採算を考えないで家族に作るみたいな良い材料をたっぷり使っていてねえ。街じゅうの人に愛されているアイスクリームです。」

少女は舌で唇を舐めながら言った。まるでほんとうにアイスを味わうように。

「今、おばあちゃんは前もってしゃべってなかった。」

私はつい気になりすぎてしまい、とっさにそう言ってしまった。

「それは今重要なことではないので、どう思っていただいてもかまいません。私たちはふたりでひとつなんです。あなたたち姉妹が双子なのに見た目がほとんど似ていないように。」

少女は微笑んだ。

私たちが二卵性の双生児だということを彼女はさらっと言い当てた。

怖くなった私は黙って続きを待つことにした。

老婆の口元からまた不思議な長い音がもれた。イントネーションは平坦で、まるで聖歌かチャントのようだった。

「妹さんは、さっきお伝えしたようにある出来事に接して、お母さまに会いにいくために体を消しました。きっと妹さんは、こちらの世界に果敢にお母さまを連れ戻すつもりなんですね。今はきっとその方法を模索しているのでしょう。」

少女は言った。

「それって、死んだっていうことですか？　体がなかったら、生きているとは言えないではないですか？」

ぎょっとして私は言った。

「それが、違うのです。それが妹さんの特殊な能力で、別の世界に入り、一旦体を分解して、またしかるべきときに元に戻すと。タイミングさえ合えば、理論上はそれができる能力に恵まれた人なんですよ。お母さんを取り戻せるかもしれないと思ったので、とりあえずそうした、と妹さんは言っています。」

「いったい何があったんでしょう？　分解って、そんな……私はまた妹に、肉体を持った妹に会えるのですか？」

「その可能性は時間がたちすぎているお母さまに比べたらとても高いですよ。ちなみに妹さんの意識ははっきりしています。薄くなったり、空間に溶けたりもしていません。」

「戻ってくるのは、今はまだむりなんでしょうか？」

目を覚ました母にもう一度会える可能性を考えると、胸の奥がズキズキとうずいた。何万回も夢見ていたことだ。

まるで膿を持った熱い腫れもののように心の中に沈むその希望。

人は、あきらめきったことに関して希望を持つことがいちばん恐ろしいと思う生き物なのだということがよくわかる。

「妹さんがいちばん恐れているのは、いったん散った肉体が修正不可能に破壊されることです。でもそれは杞憂だと思われます。妹さんは秘密とされていたこの街の言い伝えを調べすぎて、過敏になっていたんですね。今となってはこんなに平和になっているのに。幼い頃に潜在意識にしみこんでしまった言い伝えの重みというのは、個々の精神にとってはほとんど呪いのようなものになってしまうのです。」

少女は一気にそう言った。

「妹のために、今、私にできることはなんですか？」

「ただこの街にいることではないでしょうか。もしかしたらこの期間に、この街に帰ってくることをあなたは決意するかもしれないですね。」

「それだけで、助けになることができるんですか？」

「できますよ。心から決めたことをするなら。『違うこと』をしないなら。意外な出会いが連鎖して、意外な形でね。」

少女は気味悪く微笑んだ。

まるで何万年も生きてきた人間のような底知れない笑み。

あまりにも大きく自分には測れないものに出会うと、心は受け入れるのを拒否する。私の状態はまさにそれだった。こんな人を決して言いまかせられないし疑うのもむつかしい。なんでも言うなりになってなにも考えなくなってしまいたいという気持ちを抑えるので精一杯だった。彼女たちの前にいると自分がちっぽけでなにもわかっていない、取るに足らない存在に思えた。

だからこそまるはだかに、素直になるしかなかった。

「さて、質問の答えですが、そもそも身を守るとはなんでしょう？　命の安全のことですか？　それなら、あなたは多分大丈夫です。」

少女は言った。

「多分って。」

私は言った。

「あなたの根底には強い罪悪感があります。自分が生き残ったことへの。それからそのことへの、タイミングとか運命に対してのものすごい恐怖。

その日いっしょに車に乗るはずだったけれど、あなたは、ある種の予感に打たれて乗らなかったのですね？　そのことをお父さまにもっと強く伝えなかったことを悔やんでいますね。止めなかった後悔、恐怖、あと一歩踏み込まなかったことで取り返しがつかなくなったという感覚。それがあなたの魂を怯えた小さい子どものような場所に閉じ込めてしまっている。お母さまを残して東京に出たことも、実はあなたの直感が告げた正しい判断なのですが、あなたの中には罪悪感として残っている。さきほども言いましたが、あなたはほんとうはとても明るく、なんでも受け入れてはさらっと解決して、人々を楽観的な雰囲気に包んでしまう豊かな心の人なのです。

妹さんはあなたがいて、こわい気持ちになることから守られていたからこそ、あなたのようにならなかったんですよ。彼女はご自身を発揮しています。むしろ発揮しすぎているくらいです。あなたがいるから、彼女は守られている小さなおてんばな子どもみたいに、怖いものを知りません。」

全てが少女の言うとおりだった。

＊

私はその日、両親といっしょに買い物に行くことになっていた。

こだちは友だちのお母さんの家に裁縫を習いに行っていて留守だった。彼女は昔から縫い物が好きだったが、私はそのジャンルに全く興味がなかったのと風邪気味だったので家で留守番していたのだ。

新しい大きなゴミ箱を車に乗せたりとか、大量の果物を酵素ドリンクにするためにいっぺんに買うとか、いろいろ手伝ってほしいこともあるからいっしょに行こうよ、帰りに隣町のデパートの大食堂で名物のオムライスを食べて、こだちにはお弁当を買ってきてあげようよ、と母は言った。

買ったばかりの新しい大きなゴミ箱とたくさんの果物たちが散乱していた事故現場のことを思うと、目の前が真っ暗になる。家族の生活を新しく彩るはずだったものたちは無残な姿に変わってしまった。

そして永遠に父と母といっしょに食べられなくなったオムライスのこと。私は今もまだ世界中のどこであれ、日曜日のデパートの大食堂の前を通ると苦しくなる。

その日の午前中からずっと、体がぞくぞくしていて頭も痛かった。

「なんだか頭や体が痛くて」と母に言って、私は泣きだした。すごく痛いから行けそうにないよ、と。

涙は止まらなかった。なんでそこまで悲しいのか私にはわからなかった。だから二人とも家にいてよ。明日いっしょにいこうよ、と私は確かにそう言ったのだ。

そのことはこの人生で何回も反芻した。自分を許したくて。

私は止めたんだ、夢じゃない、確かに止めようとしたんだと。

それでも「もっと止めればよかったのに、命をかけて止めるべきだったんだ」という思いは、私から離れることはなかった。それは幽霊みたいに、私の生き生きした考えの足をそのつど引っ張った。

「じゃあそうしようか。」と母が言った。

それが最後のチャンスだったのに、私はもっと突っ込んでいけなかった。頭が痛くて早く横になりたかったから。

そのとき父が、

「明日朝、コダマくんと釣りに行く約束をしているから、できれば今日がいいんだよなあ。」と言った。

父はその細い手の大きな掌で私の頭をぽんぽん叩いた。ゆっくり寝てなよ、何か買ってきてやるから。

ぱっちりとした目の美男子で、いつでもしたいことのほうに私たちを持っていってしまう調子のいい父だった。でもその日はその調子の良ささえも愛おしく思えて、私は父の手をぎゅっと握った。

その日、私は父の乾いた手を慈しむようになでさすった。父は照れ臭そうにそうっと手を引っ込めて、言った。

「甘いものとしょっぱいものとどっちがいい？」

それが私の聞いた父の最後の言葉だった。あまりにも父らしいまぬけた遺言だったので、思い出すといつもちょっとだけ笑ってしまう。

*

「あなたのお父さまはとてもキュートな人でした。かわいらしいほどにお母さまを好きで。愛の結晶であるあなたたちのことはもう、かわいすぎてじっと見ることもできないくらいの感じだったんでしょうね。

お仕事をしていて、当時は主に東京におられたのですね？　あまり一緒に暮らしたことはないと思います。亡くなったときにお母さまを乗せて運転していたのもお父さまですね。

もう一度言います。あなたは一見しっかりしていて明るく強そうに見えますが、ものすごくもろいところがあるのです。

自分の命を雑に投げ出してしまいたかったり、妹さんと離れることをものすごく恐れていたり、健全な状態にあるとは言えない部分、その自分を認めるのを嫌がっている部分があるのです。それは一種の自己憐憫であり、実は今あなたはもうすっかり健全なので本来のあなたの冒険心や勇気が出てきてもいいのですが、それを許してあげられないのですね。あなたは、なんというか、つぎはぎなのです。

　そもそもあなたもまた生粋の人間ではありません。異世界人の血が入っています。そういうもろもろの、考えないようにしていたことをちゃんと考えるためにも、あなたはここに帰ってくるべきだったのです。

　罪悪感があなたの足を引っ張ります。それに負けなければあなたはちゃんと生き延びることができるでしょう。そのためにはぜひこの街で恋のようなものをしてください。その相手はお母さんとふたりで偏屈な暮らしをしていた人です。恋人がいますが、問題にはなりません。とても良い人です。その人への思いが、あなたを今後の人生にすっと導いてくれます。愛玉子《オーギョーチー》が見えます。」

「愛玉子って、この街で昔すごく流行っていたデザートです。懐かしい響き。」

「台湾の特別なデザート、果物の自然なペクチンで固まったゼリーです。その男の人はどうも台湾にご縁があるようです。」

「台湾、愛玉子、恋のようなもの。」

　私はスマートフォンにメモを取った。

「あなたはその人のことをちっとも恋しくは思わないけれど、彼に会うと安心して、尊敬して、興味を持ち、追求したくなるでしょう。それに伴いほんとうのあなたが姿を現してきます。あなたたち自身の人生がその出会いから始まるのです。あなたたちはほんとうに親しくなります。モルダーとスカリーのように。彼らのように、子まで生《な》すかもしれません。あなたがもしもいろいろなことを受け入れられるようになったら。」

少女は言った。妙に詳しくかつ現代的な比喩だなあ、と私はぼんやり思った。子ども？　自分にそんな変化が訪れるなんて想像できなかった。

こだちを思い、世話することで私がなんとか自分を保っていることはよく知っていた。ほんとうはこだちは強くて、私の世話なんて全く必要ないことも。

モルダーとスカリーって、子どもを作っていたんだっけ？　帰ったら「Xファイル」を観なおしてみよう、と私はのんきにも思ったが、こだちといっしょにテレビに向かっていた東京でのありふれた日常が、この霧と潮風の街にいるととても遠い昔の、手の届かないくらいすてきなことに思えた。

「恋しくない人と私がいっしょに過ごす？　あまり考えられないけれど。でも、心に留めておきます。」

私は言った。

老婆が呻き声を出した。少女はその髪の毛をなだめるようにそっと撫でて、口元に耳を寄せた。そして言った。

「聡明な方だから、妹さんはお母さまに会いたいあまり速く行動しすぎてしまい、あなたの助けを求めるかもしれません。そんなふうにあなたが失うことを必要以上に怖がる人になってしまったことも、またあなたが望みの人生を得るために乗り越えるべきトラウマのひとつなんですよ。」

失うことこわがって愛するのはうまくいかない……昔知っていた歌を思い出して、私は頭の中で歌った。

「ゆくえを知らないふたりの恋は夜空に旅立つ銀の船。」

少女は空中に書いてある文字を読むかのようにその歌の歌詞の続きをさらっと言った。そして続けた。

「今、頭の中に浮かんできた詩です。」

私はまた驚いた。この人たちはほんものだ、そう思った。

「あなたのお母さまが異世界人であることを問題とする世界は事実上もう存在していません。残滓《ざんし》はありますが、それだけです。ここは昔から異世界人が人間と普通に共生してきた地域なのです。この街を囲む小さな山々が出しているある種の周波数が、周囲から異世界人を守ってきたのです。昔はミステリーサークルのような印もひんぱんに山肌に刻まれていましたね。でももうそんな時代はとっくの昔に終わりました。」

少女は言った。

「宇宙人とか、異世界の人って、なんで超未来的なのにやることは古代人みたいなんですか？　山肌にシンボルとか、遺体をさらって働かせるとか、石で遺跡を作るとか。」

私は素朴な疑問を口にした。

「それは、歴史の進む順番がそれぞれ違うからでしょう。先方から見たら、私たちの文明や石油が主要なエネルギーであること、畜肉を食べていることなど、ちゃんちゃらおかしいと思うかもしれません。」

少女は言った。

「ある部分では彼らのほうが、呪術的なものが効力を持つという方向に正しく発展しているのかもしれませんし、肉体の形態が違えば、私たちのあり方に比べて部分的にいわゆる野蛮になる可能性もありますよね。彼らが地球上の菌に強ければ不潔な環境を害としない可能性もありますし。あなたは人間の中で育っているから、ただ感覚的にわからないだけなのかもしれませんよ。」

「私、普通の人間です。私はずっとそう思ってきました。だから私たち家族は人間側の被害者で、ただここが八つ墓村みたいなところなことが悪いんだと思ってたんです。」

私は言った。

「いや、お母さまは純粋な異世界人だったのだと思います。だからあなたには母方の祖父母や親戚がいないでしょう？　どう説明を受けているかわからないですけれど、お母さまはほとんど天涯孤独だったはず。お母さまは昔いったん眠り病になって長い時間を眠って過ごし、目覚めてあなたたちとの人生に参加したのです。お母さまはコダマさんの少し上の世代の一族の一員だったんですよね。そしてまた眠ってしまった。それは交通事故で死の危険に瀕したからです。だからこそ、うちの姉とは違って目覚める可能性がありますし、そういうわけであなたたち姉妹はハーフなのです。」

淡々と少女は言った。

「そんなことって。だって私、なんにも変わったところはないのに。ボクシングに行っても重い方のサンドバッグには全く歯が立たないくらいなのに。ねずみが人間に挑んでるみたいになっちゃって。」

私は言った。

「こだちさんは自分の変調に気づいて、もしかしたらお母さまを目覚めさせることができるかもしれないと、その真相を探りにこの街に来たのです。」

少女は言った。

「なぜそれを私に相談してくれなかったのでしょう。」

私は妹の名前を伝えていなかったのに、少女はこだちの名前をさらっと口にした。さすがにもう驚きはしなかったが、またひやりとした感覚が背筋を走った。彼女の発音で響いたこだちの名前はまるで死んだ人のもののようだったからだ。

「異世界人とのハーフに起こりうることとして、まず、力が普通の人よりも少し強くなります。寿命も少し長いです。もちろん、寿命がいくら長くても無茶をしたら死にますよ。それから、テレパシー能力があります。あなたがその悲しみと恐怖の枠を超えれば、妹さんと普通に連絡が取れるようになると思いますよ。」

少女は言った。

「それがないからこそ！　私はここに来て相談しているんですけど。」

私は思わず笑ってしまった。

「いや、あなたは何かを感じています。ただ混乱しているのです。多分妹さんのほうに遺伝が強く出たのでしょうね。」

少女は微笑んで言った。

「妹さんのほうが物理的にも力を持っていたと思いますよ。」

＊

「こだち、これ開けて。」

「ミミはほんとうに力がないんだから、見た目は私よりも強そうなくせに。ほら。」

こだちはどんな瓶のふたでも簡単に開けることができたので、学校でもみんなが彼女に力仕事を頼みに来た。

そのか細い白い腕で、ちょっと力を入れるだけで、こだちは瓶のふたを開けた。

「こつがあるんだって、ただそれだけよ。」

とこだちはいつも笑っていた。

窓が歪んで重くなった雨戸や、深く根を張った雑草も、こだちにかかればなんということはなかった。夏休みのバイトで重いアイスのタンクをすいすい持って運ぶこだちをコダマさんは重宝していた。

みんなにアラレちゃんとか秋姫とか呼ばれていたけれど、いずれにしても見た目がか弱そうでかわいかったこだちは、ずるいことにあんなに怪力なのに常にモテていた。

＊

「いつか私もあんなふうに力が強くなったりするんですか？」

私は言った。

「今の段階で出ていないなら、多分ないでしょうねえ。」

少女が言ったので、私は少しがっかりした。

バイオニック・ジェミーみたいに力持ちになって、悪をくじきみんなの役に立てたらいいなと夢想したのだ。あと、年齢的には少し遅いような気がするけれど、女子ボクシングでプロになって世界チャンピオンになって賞金を稼ぐとか。

そう思うと、ボクシングをやるべきだったのはこだちじゃないか、あんなか弱い乙女みたいな見た目をしていたくせに。なんだかうらやましいなあ……。

私がぼんやりとのんきにそんなことを思っていたら、少女は続けた。

「あなたもお母さまの血を引いていますから、何かしらは起きるかもしれません。少なくともあなたにはすでに『夢見』の才能があります。夢と現《うつつ》の間で、真実を見る才能。それから今の時代にはあまり役立たなそうですが『屍人使い』の才能もありそうです。妹さんはかなり早い段階で自分の変調とお母さまの眠り病の関連に気づき、その娘たちである自分たちになにか災いが及ぶことがあるのかどうか、そしてお母さまを目覚めさせる可能性があるかもしれないと思って、調べに来たのでしょうね。きっと妹さんはすでにカナアマ家には行っていると思いますよ。」

こだちが私を守ろうと思うことや、もし私に話したら私が何が何でもいっしょに来るだろうことを予想してひとりで動いたであろうことは、その性格から容易に想像できた。カナアマ家とはこの街いちばんの大地主の一家の名字だった。

「なんですかその『屍人使い』っていうの。ほんとうにいやですし、取り組むことはないと思います。夢のほうだけ熱心に見ていきたいです。コダマさんは何かを知っているのですか？」

私はたずねた。

「彼はただの気のいい人です。何も知りません。この街の人だしお母さまの一族ゆかりの人だということは生粋の地球の人間ではないのでしょうが、ほとんど異世界の血は入っていないと思います。地球の代表にして箱舟に乗せたいようなとても良い人です。彼の奥さまは女性らしい独占欲の持ち主ですが、素朴で、あなたたちが思っているよりはずっとあなたたちを深く愛していて、やはりとても良い人です。彼らの娘でいることは良きことです。彼らに災いが及ぶ様子も見えていません。」

少女は目を閉じて言った。今度はまぶたの裏に映る何かを見ているかのように。

「ありがとう。」

心からほっとして私は言った。

「犬も雑種のほうが強いでしょう？　人間の血が混じったことで、あなたたちはとてもパワフルになり、穏やかに暮らしていた異世界人の残滓たちの存在を脅かすかもしれなかったから、昔のシステムが発動して監視されたりしたこともあるのでしょうね。ご両親の時代にはまだ少しだけ葛藤が残っていたのです。

長寿だったという昔の大地主たちには習慣の違いからいろいろ問題があったんでしょうけれど、今はなんの問題もないですからね。後継の方はおとなしい人ですから、悪い噂をたてててはいけないのです。私たちにしてもこの土地は彼らから購入しましたし、建築家も彼らの建てたお城を作った人と同じ人物です。なのであまり克明にお話しすることは、いくら今の時代であっても、避けておきたいのです。

遠い昔、異世界人である彼らのしていた邪悪な所業は、彼らの歴史にとってはなんでもないことであり、この街だけのことでした。世界を征服しようとか、大量に移民してこようとかいうのでもなく、たまたまつながってしまったので実験的に少数が移民してきただけだったのでしょう。実に中途半端なSF感なんですよね。でも意外に世界中にこういうことはあるのかもしれませんね。ちょっとすぎて目立たないまま他の世界の人が混じっているっていうようなことは。

今はもうだれも危険な目にあうことはありません。彼らは生きている人を殺すことはしませんでした。死んだ人を再利用していただけです。太古の昔、この土地にやってきた彼らは亡くなった人のボディを異世界に送って使っていました。しかしそのあとには、平和的な共存の時代があり、異世界のほうではロボットが働くようになったので、すぐ人間のボディは必要ない時代になりました。言い伝えだけが恐怖をそそる残り方をしたのです。

ただ、何代もの間にはそうしてハーフも産まれたり、異世界人の血が流れている人はたくさんいるし、あなたのお母さまみたいに生粋の人もいるし、もちろんまだ眠り病の人たちもいますから、歴史の中で起きたことの全てがすっかり消えたわけではありません。ちょうどバグみたいな感じで現代にも自然に溶け込んで残っています。そしてあの一族はたくさんの土地を持っていてそのままこの街の地主であり続けています。でも、昔の気味悪かった時代のことにしたって、リビングデッドといっしょです。もう中身はない、がわだけですからね。そういう時代があったのですよ。昔、屍体を牛やヤギのように使役させていました。」

少女はさらに淡々と言った。

「あなたのお母さまは自分が異世界人であることをもちろん知っていました。亡くなった人のボディが遠い昔にどう使用されていたのかも。そのことを興味を持って調べていました。いつか記事にしたり本にしたりしようかと思われていたかもしれません。お母さまはそれで少しおびえていたのかもしれません。生き残った……この言い方が適切かどうかは別として……屍人の姿を見て叫び、お父さまの運転に影響を与えたと思われます。それが事故の原因です。」

私は涙をこぼした。わけがわからないけれど泣かずにはいられない話だった。

母は眠り病から目覚めて記憶もなく天涯孤独だったが、コダマさんが自分の血縁だということを調べる過程でいろいろ知った。そしてコダマさんと接触し、一族の話をして仲良くなった。表向きはコダマさんが母の弟ということになっているのもそういうわけなのだろう。そのことは私とこだちも知っていた。

「妹は？　その全てを知っているんですか？」

私はたずねた。

「彼女は知っていました。そして言い伝えや文献を調べたり、年配の人の話を聞くなどして、すごく確率は低くてもお母さまを目覚めさせる方法を知りました。そしてそれに取り組んだのだと思います。成功したかどうかは、申し訳ないけれど今の時点では私たちにはわかりません。お母さまが眠りから目覚めて戻ってくるとはお約束できませんが、妹さんはまだ肉体を再構成できます。今は意識だけの世界に住んで、先ほどお伝えしたように、時おりあなたと交流しています。」

少女は答えた。

「妹はなんで私にそういういろいろなことを話してくれなかったんですか？」

こだちの性格を考えるとわかってはいたけれど、私は言った。

「いろいろと調べてお母さまのことなどがはっきりしたら、すぐ伝えるつもりだったと思いますよ。あなたに秘密を持っているのは不誠実に思えていやだ、という気持ちがあったのがこだちさんの魂から伝わってきます。」

少女は言った。

「母のことは、ある程度あきらめています。もう時間が経ちすぎていて、母がいた頃の人生をあまりよく思い出せないほどなんですから。

私はただ妹に会いたい、妹を取り戻したい。今まで通り妹と仲良く暮らしていきたい。たまにこうしてこの街にある養父母の実家に遊びにきて、普通に歳を取っていきたい。ただそれだけなんです。それってそんなに大それた望みでしょうか。」

私は涙をこぼしたまま言った。

ふと見ると、老婆の体からじわじわっとなにかがこちらに向かって、きれいな輪を描きながら発散されていた。これは慈悲の心だ、と感じた。私のことを気の毒に思う気持ちが柔らかで熱い波紋として見えた。やはり人を救うことを生涯の仕事としている人なのだ。私は初めて彼女たちに心を開いた。

「やっと心を開きましたね。」

少女は言った。

「はい、眠っているはずのお姉さまからなにかすばらしく温かいものが伝わってきました。」

なんでもわかっちゃうのも考えものだなあ、と思いながら私は言った。

「お答えします。そのためには、あなたが変わらないと。あなたのほんとうの望みは今おっしゃっていることではありません。あなたはほんとうは人生をもっと明るく燃やしたいのです。

妹さんとちんまり暮らしたいというだけではなく、日々なにかを革新して新鮮に生きたい、そんな人なのです。本当は。

なので、今あなたが描いている幸せの概念は多少更新される必要があります。あなたは多くの亡くなった人の霊や生きている人の心をそのままのあなたで救うのでしょう。きっとこの街で体験したいろいろな思いを記録して書くようになるでしょう。

それは小説というよりは『ただその辺のことを書いた』みたいな、そんなにドラマ性のない、淡々としたお話で、しかしなぜかそれを読んだ人は、生きている人も死んだ人も、その書いたものの発する生き生きとした気で深いところで救われるでしょう。それは過去や記憶、生き方の姿勢、いろいろなことをクリーニングするということなのです。

この世にはちょっとしたきっかけがあれば、自分で自分を救う力を取り戻せる人がいるのです。あなたの個性、あなたの書く言葉が、そういう力を持っているという可能性を、あなたの魂のカラーは見せてくれています。」

少女は言った。

「大きな使命の話となると、飢餓とか原発とか核兵器とか陰謀論の問題と同じで、私個人にできることの範囲を超えているような気がします。でも、小さな、ささやかなことなら確かに書くことは好きですね。おっしゃった通り、母もフリーライターとしてお料理など生活の記事や本を書いていましたし、私にもその才能は遺伝したらしく、たまに頼まれてライターのバイトをしています。文章を書くことは私にとってたやすいことです。」

私は言った。

「書けばこの街に降り積もっている呪いのようなものを解いたり供養できるかもしれないですよね。伝説の重さが取り払われて、今住んでいる人たちがいっそう幸せになります。」

少女はそんな新しいすてきなアイディアをさらっと口にした。

「ただ、私の希望としては書く方法は洗練されていていてほしいです。民話のようにぼかしてほしいと申しますか。あなたのお母さまはもっと無邪気にスキャンダラスなこととしてあけすけに書いて観光客を呼ぼうくらいに思っていたから、昔の人には少しうとましく思われてしまったのだと思います。野蛮な過去は恥ずかしいと思う異世界人もいるのですよ。人間の中にヴェジタリアンがいるように。」

少女は言った。

「あなたたちも、もしかしたら？」

私はたずねた。

「ご想像にお任せします。しかし、この能力を手に入れるために何かと多少取引したのは確かです。人の口が昔から堅いこの不思議な街では、当時いろいろなことが可能だったんです。」

少女はにやりと笑ってそう言った。真っ白い透明な肌に完璧な長さのまつげと夢見るような瞳。ぞっとするような美しい笑顔だった。唇がきれいな弧を描いたとき、この少女はやはり見た目のようには若くはないのかもしれない、とその下がった目尻の妖艶さを見て私は思った。

「そんなにしてまで、何がしたかったのですか？　この豪華な家に住むこと？」

私はたずねた。

「それも欲求のひとつであることは否めませんが、なによりも整った静かな環境でこの能力の精度を高め、なるべく長く発揮したかったのです。それだけが私たち姉妹の『したいこと』だったのです。」

「この世には、いろんな姉妹がいるんですね。」

私はまだ目のはじに残っていた涙をふきながら言った。

その涙がなにかを私の体から抜いていったのを感じていた。

まっさらの、ただの旅人のようにもう一度目を覚ましたような。

そうだ、泣いていたりしょげていてもしかたがない。なんで悲しんでいたんだろう？　この街に来ただけで、体が重くなって悪い魔法にかかったようにただ悲しくてしかたなくなってしまったのだ。

「妹が戻ってくるって確信できました。ありがとうございます。でも私の将来に関してはまだ実感がありません。私のテーマは私の中にまだ深く埋まっているようです。妹に会えること以上に、また元の静かな暮らしに戻る以上に楽しそうなことは全く実感できません。」

私は言った。

「あなたの心の中にあるあきらめ、闇、罪悪感。」

少女はまっすぐに私の目を見て言った。湖よりも深い透明な目だった。

「もしも妹さんにもう会えなくなったらという恐怖。お母さんを取り戻せなかったら妹さんも自分もどんなにがっかりするかという恐怖。そういったものとのつきあい方を変えるために、あなたは今ふんばっているんですよ。

絶望したり、怖くなったり、それは人として当たり前のことです。あなたはこの街で悲しい経験をしたのですから。

しかもそれは誰のせいでもなく、悲しい偶然やこの街の磁場が作用して起きてしまったことでした。あなたはトールマンという怪人につきまとわれる『ファンタズム』という昔の映画の主人公のように、東京に行っても、あなたに守られていた妹さんに比べて心の中はうつろでした。あなたは自分の人生の本来のやり方を取り戻すべきなのです。敵があるとしたら、虚しさそしてあなたの価値観の根底に横たわってしまっている恐怖です。

妹さんは生きていることをエンジョイしているし弾丸のようなタイプで、あなたの苦しみを全く理解しません。見た目はあなたよりもずっと弱そうなのにね。だからその点あなたはずっと孤独だったのです。

私はなにがどうなるという予言はできません。でも、あなたが妹さんとまた出会い、お母さまに会えることを強く祈っています。それは私の中の一部が解放されるということでもあるんですよ。それが私たちのカウンセリングというものなんです。心の中の絵だけは、どんな状況でも強く描くことができるのです。それが現実に作用しないと、だれに申せましょうか？」

その言葉たちは力を持って、私の中に入ってきた。

老婆がなにかつぶやいた。少女はその口に耳を寄せ、しばらくしてから言った。

「妹さんの生きている体は急に出てきますからね。引っ張ってくださいね。死人のようによく冷えています。」

「急って？　冷えって？」

こだちの体が母のように冷たくなっていたらと想像し、私はこわくなって言った。

「たとえば、人の家だとか、お寺だとか、神社だとか。そういうところを探して、妹さんの眠っている体が見つかるというあなたが今イメージしているようなことではなく、急に物質化するのです。だから眠っている妹さんの肉体を探しに行くというあなたの今の方向性は間違っています。あなたが護られますように、一度は怖い目にあうことになるけれど重要なことです。心の力を強く持ってください、と姉が言っています。」

少女は言った。

「今日は植物園に行って当時と変わらない懐かしい木々に触れ、昔の明るい気持ちを取り戻してくださいね。それで正しい流れができますからね。行くだけでいいのです。」

「ありがとうございました。」

私は言った。

少女は言った。

「鑑定料はその箱に入れてください。あなたの思う額を。」

私はなけなしの一万円をそのきれいな箱にそっと、ふわふわと風に舞う木の葉のように置いた。

軽すぎてごめんなさい、と私は思った。今の私には精一杯の金額なんです。

少女は深くうなずいた。その目をじっと見つめてみた。問題はなさそうだった。かけらも「少ない」とは思っていない、誇り高い瞳をしていた。

金額の問題なんてとうに超えてしまっている、そんな気がした。彼女たちに一億円くらいぽんと払う人だっているのだろうから。

あまりにも美しく磨き抜かれたその家の床に、私の小さな手がぼんやりと映っていた。まるで私の手ではないみたいだった。早くここを出たい、と私は初めて思った。きっともう終わりの時間が近づいているのだろう。ここは生きている人間が長くいる場所ではない。蜃気楼のように空間が何かの力で歪んでいる。

「虹の家に住む私たちは、今日から三日間、あなたのために虹の祈りをします。」

少女は急に定型文を読むときのような淡々とした言い方でそう言った。

「あなたがこれまで生きてきた道が虹にふさわしいものであれば、その祈りは虹を通して天に通じます。そうでなかった場合は、なにも起こりません。」

「ありがとうございます。私の人生は確かにずっと何かから逃げていたしへんてこだったけれど、いつも最高に輝かしいものでした。どの日のことも、思い出すだけで一日一日が愛おしく、良き会話やすばらしい偶然や温かさに満ちていたように思えます。なのできっと通じると信じています。」

私は笑ってそう伝えた。

なかなか来ることができないこの家、一生で最後かもしれない。ふさわしい悩みを持っていない人であれば電話がつながることさえないという。

なのでできれば美しいことを言って去りたかったのだ。

少女はウィンクを返してきた。まるで魔女のようなローブをはおって、華奢な首をかしげて。

凝った模様が彫り込まれている重い木の扉を開けて外に出ると、彼女たちの住む古い洋館がある街外れの崖からは、はるかに広がる陽にさらされた道路とおもちゃみたいに小さく走る車、そしてその向こうにはまぶしく光る海が見えた。

＊

山々は重なってぼんやりと連なり、湾は今日も鏡のように澄んでいる。湾に沿って漁港には色とりどりの小舟が見える。人のいない海水浴場は静かに砂浜を広げている。なんてきれいで優しい景色だろう。このような温かい気持ちで私はこの街を見たことがなかった。

こんな高台までは、住んでいるときめったに登ったことがなかった。この場所から見おろすこの街は格別な美しさで、魔法がかかっている箱庭のように輝いて見えた。

霧はすっかり晴れてあたりは爽やかな光にさらされていた。まだまだ濃い光の陰影の中には秋の気配がほんの少し潜んでいる。

山肌には真っ白い馬が描いてあるのが見える。こんもりとした緑で他の場所からこの街を隔離する三角の山々。一部むき出しになったそんな山肌には古代人が刻んだと言われている絵があちこちに残っている。それはとても素朴で美しく、ラスコーとかタッシリ・ナジェールの壁画のように躍動していて、晴れた日にそれを眺めるのが私は大好きだった。

奇妙な夢のようなあの家から、新鮮な空気のある現実らしい世界に戻ってきて私はほっとしていた。

頭の中を整理したが、整理しようがない内容であった。スマートフォンにメモしながらあまりの突飛さについふきだしてしまった。

私が事故で死んでこのメモが発見されたら、きっと「頭がおかしくなって自ら命を絶ったんだね」と思われるだろう。

でも事実は小説よりもずっと奇で、ある特定の場所に異様なルールがあるというのはよくあることだ。

「この界隈では責任を取るためにみんなの前で小指を切り落とします」

とか、

「この地方では高熱を下げるときミミズを炒めて食べます」

とか、

「亡くなった人は縦にして壺に入れます」

とか。

自分の常識ではとても信じられないようなことでもその場所では常識、ということが世の中にはたくさんある。世界は広いんだなといつも思う。

私のメモはこんな感じだった。

●この街はすごく昔、ひそかに異星人あるいは異世界民の移民地であった。次元の入り口は権力者（地主）の家の敷地内にあった。こういう街は実は世界のいたるところにあり、国家もあるていど容認しているが、もちろん機密となっている。よく噂になったり記事に書かれたりはするが、言い伝えとして片づけられる。

●私の母は移民してきたが長い間眠っていた異世界人だった。コダマさんは母の親族にあたる。母は目覚めてから父と普通に出会って恋に落ちた。父は普通の地球人。私と妹のこだちはハーフである。だから妹は腕力が強い。私の力は夢見と屍人使い（屍人なんて字、見るのもいやだけどいちおうメモしておく）。

●街の権力者&地主は元々は暴君で、何代目かまでは自分の住んでいた星と同じように遺体を加工して番犬や労働者として使役させていたが、その風習は明治になるころくらい？にさすがに廃れた。私の両親の代ではもう行われていなかった。ただし、母は自分のルーツを知りたくてその歴史を調べて書こうとしていたので問題視されていた。

●彼らは生きている人間を殺しはしない。なので父の死因となった事故は不運な事故にすぎない。
●妹が今回ここに帰ってきた目的は母を取り戻すことであった。今別の世界に移行しそれを試みているから姿を消している。
●妹は眠り病の人たちみたいに眠っているわけではない。なので妹の体を街中探しても見つかりはしない。
「この街に潜む巨悪を暴いて白日のもとにさらし家族に対する復讐をとげる」などという、自分には絶対にできそうもないことをしなくてすんだのにはほっとした。それは私の人生に登場するはずのないストーリーだった。

そして、これほどに頭の中が文系で、船が浮いていたり飛行機が飛ぶことさえも恐ろしいと思っているような平凡な私に、異世界の話なんてお願いだからしないでほしいと思った。

私にとってはそれは自分に関係あるはずのものではなく、地元に伝わる民話にすぎなかったから。

こだちが生きているということは心の奥底でわかってはいた。でもその体が分解されたなどと聞くと、おそろしくてたまらない。あの有名な映画みたいに、戻るときにうっかりハエと混じったりしたらどうしよう、ついそんなことばかり考えてしまう。

二卵性の双子ではあるけれど、私の体のどこかが彼女とつながっているしテレパシーのようなもので通じている部分がある（今考えると、それこそが私たちがハーフである証なのかもしれない）から、もしもこだちが死んでいたら必ずわかるはずだった。

それでもこだちが生きているということを他の人の口から（たとえそれがあんな不気味な人たちであったとしても）聞くのはやはり嬉しかった。

占い師の彼女たちと過ごした時間の、シャープで頭のすみずみまでを使うような感覚と、そのとてつもなく冷たい、情のない感触がまだ心に残っていた。

それは私がこだちと普通に日常を過ごし幸せだった、何か甘い綿菓子のようなものにふんわりと包まれて安心であった、なにも考えないように努めていたぼやけた時間とは全く違っていた。

あのひんやりした感触がもし圧倒的な真実の力というものだとしたら、私は自分の人生の中ではそれを否定してきたのかもしれない。

極端すぎ、純粋すぎて、息苦しかった。

しかしいつかは自分も真実を生きる世界に近づいていくだろうことが、さっきのセッションのおかげではっきりと予感できた。

顔を上げて冷静に見ると、彼女たちの言う通り確かに街は変化していたからだ。

私が幼い頃はもっとおどろおどろしく、闇に何かが潜んでいそうだったり、誘拐されるなど怖い噂もたくさんあった。古代人の遺跡のそばにある地主の住む城には決して近づいてはいけないと言われていたし、大人と一緒でなければ夜には外出しないようにと言われていた。

今はそんな雰囲気のかけらも感じられないではないか。

「言われた通り植物園に行って、中のベンチでとりあえず何か温かい飲み物でも飲もう。自分が異世界人とのハーフだなんて聞いたら、なにが起きるのか気持ちが悪く思えてきた。おなかに温かいものを入れて落ちつかないと。それからママのお見舞いと、パパのお墓まいりに行って、時間があったら大地主のところに行って話を聞いてみよう。」

私は独り言を言い、住宅街を抜けて坂を下りはじめた。

肌身離さずつけていたおにぎりターコイズの指輪を私は親指で撫でた。今日からは君は私のものになったんだ、こだちでなくて淋しいかもしれないけれど、もうすぐ会えるからがまんしてね、と話しかけながら。

予感というのは不思議なもので、そのとき、まるで曇った空から光が射すように私には見えたのだ。

こだちが私に言う。

「だから返さなくていいって、似合ってるし。それ、ミミにあげる。」

まるで実際にその光景を見ているように、こだちの声が聞こえてくるみたいに、その場面を全身で感じた。

ああ、きっとそんな日は来るんだと思ったら、私は急に楽になった。

*

こだちがいないことに比べれば小さいことだけれど、今回の帰省でもうひとつ気になる不思議なことがあった。

この街に来てこだちを探して漫然とうろついているあいだ、ブーケと呼ぶにはあまりにも小さすぎる花束を、私はあちこちで見かけた。いちばん近いイメージはバリ島の、小さな籠に入って道のそこここに置かれている神様へのお供え物の花だ。

両親の事故現場にできあいの花束を供えに行ったときにも見かけた。

両親の事故現場に関しては、だれか知り合いが事故のことをわかっていて置いてくれたものなのかどうかさえわからなかったけれど、私は嬉しかった。

悲しい思い出しかない呪われたその場所で花束から顔を上げたとき、世界は魔法のように変わっていて、とても美しかった。空は透明な水のように青く広がり、雲は色づいて遠くまでふわふわと流れていって、街路樹はまるで死を受け止めるゆりかごのように柔らかい葉を揺らしていた。

こんな美しい風景の中に消えていったのなら、死ぬということは悲しくないのではないか、そんなに悲しくない場所にいつか行くのであれば、もう少しがんばって生きていようと思えるくらいだった。

昔から父のために何回もお花を持ってお参りに来たのだが、そこに行くと急に心が逃避しはじめるのがわかったものだった。自分の体が認めようとしなかったのだ。そこで父の体がすっかり壊れてものになってしまったということを。

しかしその花束のおかげで初めて心から落ち着いてその場に立ち、父を悼むことができた。

あの花束のような佇まいで生きられたらどんなに潔いだろう。生きているからこのいい香りがかげて、いくらじっと眺めても眺めても、いつまでも生き生きした気持ちで楽しめる。この花束が枯れていく時間さえも大切に思える。そんなあたりまえのことがまるで目が覚めたみたいに思い出せる。それはそんなイメージを持つことができるようになる魔法の花束であった。

なんでそんな気持ちになることができるのか、いくら観察してみても、わからなかった。そのへんの雑草についているような素朴な花だったり、お金をかけないでも集められそうなありふれたものばかりでできた花束だった。

例えばいちばん初めに見たときの花束には、いちごの白い花とアンスリウムが入っていた。それからよもぎの葉と、びわの葉。色彩もそれぞれの丈もセンス良くまとめられていた。丈が少しでも違っていたらバランスを欠いてしまう、大胆にして繊細なできあがりだった。

その人差し指くらいの長さの小さなブーケが淡い色の和紙やきれいな色の麻ひもでまとめてあるだけ。

決して小さな商店の薄汚いシャッター前だとか、陸橋の真ん中だとか、ちょっと私が見苦しく思う澱んだ場所には置かれていなかった。だれも気づかないけれど街の風景が美しく見えるところにだけ置いてあるのだ。

私はその花束を見つけるたびに写真を撮って保存した。

この街で、私と同じようななんでもないけれど美しいと思える場所や、悲しいことがあったけれど今は平和な場所を気に入っている人がいるということが私をほっとさせた。

その写真を順番に眺めると明るい気持ちになった。

あんな小さくかつきれいなものに次々めぐり合えるなんて。そのひとつひとつの違いにも私の目は癒され、貴重な写真集としてだいじにしていた。

その時間はこだちの帰りを待つ心配な気持ちをうっすらともやのようにまとっていた私にとって、唯一自分だけの楽しみのための時間だった。

私のスマートフォンの中には幼い頃の家族の写真をさらに写真に撮って保存してあるアルバムがあって、よく私はそれを眺めているのだけれど、いろいろ思い出されて幸せになると同時に悲しくなるのが常だった。

幼い頃に父が帰ってくると母が「ほら、東京のおじちゃん来たわよ」とわざと言いながら、朝ごきげんで起こしてくれたこととか。それを聞いている父の苦笑いとか。父が幼い私たちを見る、宝物を見るような細めた目とか。

しかし私の人生に新しく登場した良きものとしてのこの花束の写真集は、ひとりになってからの自分が新しく見つけたものだった。日々がちゃんと進んでいると確信できるもの。

ただそれだけのことだが、それはたったひとつの小さな希望だった。

色褪せた世界の中でただひとつ色がついている何か新しいものの気配。それがあれば人は朝目覚めるのを楽しみにできる、そういうもの。

＊

コダマさんの家で私がステイしている部屋は二階の角部屋で、私とこだちがいつ帰ってきてもいいように、きれい好きな雅美おばさんによって常にきれいに整えられていた。

二段ベッドの上の段が私の場所だった。高ければ高いほどいごこちよく感じる高所好きな私と違って、こだちは高いところが苦手だった。彼女は少しでも高いところでは眠れない。旅行に行って泊まるホテルが五階よりも高層階だと部屋を換えてもらうくらいだ。

今回の滞在ではまだ下の段からこだちの「ミミ、もう寝た？」が聞こえてくることはなかった。寝つきの悪いこだちがいつもそう聞いてくるので、私はそのつど起こされる。眠りから引き戻される鬱陶しいその声が今は懐かしかった。

こだちがふらりと帰ってくることはなさそうだとわかってきた頃のある夜、私はなかなか眠れずに、ぽつんとそこに寝ていた。

昼の間、コダマさんと雅美さんは交互に店番をしながら車でこだちを探していた。その数時間は私も店番をした。

彼らも同じように感じていた。こだちはそんなに大変なことにはなっていないし、生きていると。何らかの理由があって連絡が取れないだけなのだと。

それでも彼らが車を走らせながらこだちの姿を探している様子を思うと、愛という糸で街に刺繍をしているような美しさを感じた。

故郷の街から離れていても、それがあったから私たちは東京でぶらぶらしていられたんだな、と改めて思う。母のお見舞いにも彼らがひんぱんに通ってくれたから、罪悪感を持たずに学んだり遊んだりできた。こっちのことはまかせていくらでも時間をかけて勉強して来なさいというのが彼らの口癖だった。

あの人たちはすっかり私たちのもうひと組のお父さんとお母さんになっていて、だから私たちは悲しみだけを生きなくて済んでいたのだ。

こうなってみないと見えてこないことの多さに、私はまだ愕然としていた。

その部屋の窓の外には昔から大きな柳の木があった。

枝をいっぱいに垂らして、小魚みたいなきれいな葉っぱがわさわさといつも揺れている。すすきの原に風が吹いたときみたいにきれいな波を描くうねりが出るので、いつまでも見ていられた。それはまるでふさふさの犬の毛が風に吹かれているようなのだ。

ずっとそのうねりを見ていると、幻を眺めているような不思議な気持ちになった。とても大きな木なので窓の枠いっぱいが揺れる葉だけになるから、自分がどこにいるのかわからなくなるくらいだ。

その夜のそんな柳の夢の中で、いや、夢か現実かわからないものの中でこだちはやってきた。

こだちは波のように揺れる柳の枝をかき分け、いたずらをするときのように目をきらきらさせて、夜の窓をノックした。

「あ、こだち。遅かったね。待ってたんだよ。」

私はごく普通に半身を起こして、窓を開けた。

こだちはよく着ていた黒のブラウスを着ていた。襟ぐりが深くて、懐かしいきれいな鎖骨がよく見えた。

心が弱くなるようなことがあると、私はいつもこだちに相談した。

ふだんはさっぱりして強く見える自分に弱みがあるのが恥ずかしくて少し目を伏せていると、ちょうど彼女の鎖骨のあたりを見ることになった。首が詰まっている服は息苦しいから嫌いだとこだちはよく言う。

こだちは鉄棒をつかむみたいに枝を使って、素早い身のこなしでリスのように開け放った部屋の窓からするりと部屋に入ってきた。

「ねえ、こだち。」

私の声は落ち着いていた。

「また会えるのかどうか、すごく不安。」

今こうして会っているのに、なにを言ってるんだろう？　と自分で思いながら。

「私は今、眠ってるだけだから。夢の中の世界にいる。」

まつげを伏せてこだちは言った。

「私のとった勝手な行動にミミは怒るだろうなと思って申し訳なく思っていたの。私は自分の状況をいろいろ分析したりしていたし。ママのこともできれば取り戻そうとしているし。」

「こだちの体を取り戻すには、どこを探せばいい？」

私は言った。

半分夢の中にいる私は素直に感情を出すことができた。こだちの前の私はまるで小さな子どもみたいだったし、声も子どものように甘えた響きを持っていた。そして夢の世界のこだちは実際の彼女よりもずっと落ち着いていた。

夢の中の互いの姿の方が、真実に近いのかもしれない。

「ママが目覚めるなんてこと、まだそこまで考えられない。」

私は言った。こだちはけろりとして言った。

「ママのこと、目覚めたら嬉しいに決まっているよね。ただその気持ちが爆発しないよう、私をあおらないよう、出すのを用心しているだけ。ミミってそういう奴だもの。私がんばってみる。ママはじきに目覚めると思ってるんだけど、私もすぐに戻れると思うんだけど、こっちでの動きに慣れていないから感じでしかわかってないことというか、したことないことをしたから、方法があんまりよくわからないのよ。日付やタイミングの問題だとはわかっているんだけれどね。今は休んで力をためているところ。でも何とかなる。気楽に待っていて。」

「ひどいなあ、こだち。あてずっぽうで人をこんな気持ちにさせるなんて。でもそういえば前からこんなときって、そういうクールな感じだったよね。しばらく会ってないから忘れていた。もっと理想的なこだちの人格を勝手に育てていたかも。きれいなジャイアンみたいに。」

私は言った。

いざこだちが目の前にいると、まるでずっと普通に会っていた人のようになんていうことなく思えた。さっきまで読んでいた雑誌の続きを読みながらまだまだしゃべろうかな、みたいな感じだ。それもまた夢というもののひとつの特徴だった。

「ママどころか、私が戻れない可能性だって万が一だけれど、あるかもしれないから。」

こだちは目を伏せて言った。

「それを聞くともうこわくて。だって要するに今、こだちの体はこの世にないっていうことなんでしょう？」

私は言った。悲しみはにじんだ墨のようにじわじわと胸のうちを蝕んでいった。ああ、またこれがやってきた。払っても払っても目の前を覆うこの強い真っ暗な感情に私の全部が支配されてしまう。

「そういうさ、悲しみとか、罪悪感とか、そういうのがあると私と通じにくくなるから、そして私が戻ってくることの妨げになる可能性があるから、どうか気楽にしていて。まあ、暗くて繊細なミミちゃんにはいちばんむつかしいことだと思うんだけれどさ。」

こだちはいたずらっぽい笑顔で言った。

あの少女と同じようなことを言うなと私は思った。きっと自分には見えない自分の欠点やくせというのは、誰が見てもいっしょなのだろう。だから自分を嫌いになるのだが。

「そんなことできないよ！　こういうくせがあるなんて自分でもあんまり深くに沈めすぎて知らなかったことなんだから。いざというとき、いつも悲しい思い出が自分を支配していたり、そこからうまく逃げてだましだましここまで生きてきたことに罪悪感がわいてきて動けなくなることなんて、私、知りたくなかったよ。」

私は言った。こだちは私の言ったことなどおかまいなしに笑って言った。

「ねえ、ミミちゃん。万が一戻れなくても、次もきっと双子の姉妹に生まれよう。次回は同じ顔の一卵性だってかまわない。けんかしたり、仲直りしたりして。人生ってきっとあっという間に終わっちゃうものなのよ。こっちにいるとそういうことがよくわかるんだ。」

「いやいや、決してそんなこと言わないで。すぐ会おう。探すから。危険でもなんでも。」

私は言った。

「うん、わかってる。私戻るから。絶対大丈夫。」

こだちは言った。そして続けた。

「ミミがここにいてくれるだけで、すごく嬉しい。私の勝手な動きによって、つい先週までの楽しかった暮らしが急に終わったことに、私もまだ動揺してる。でも心のどこかではわかっていた。暮らしっていつでも、明日も今日と同じようであると思っていると、あれ？　っていうちょっとした間にもう全く違う新しい面に入っているんだよね。まるでゲームの面が変わると世界が変わるみたいにさ。」

「うん、私もそれはもう体でひしひしと感じている。だからこそ、ついこの間までの平凡だった日々がこんなに恋しいんだろう。決して執着しているのではなくってね。ママのこともうまくいくように祈ってる。でもなによりもこだちの生命を優先してほしい。」

私は言った。

浮かんでくるのはどうしても母が病院で寝ている姿だけだった。何回も何回も「次の瞬間には目を開けるんじゃないか」と思って目をこらす自分の、虚しくくりかえした希望のかけらだけだった。ちょうど、別れた恋人に届け物があってあと一回だけ会える、そんなときにはかない望みが苦しい喜びをもたらすように。

「それがさあ、時間を使わせてしまって実に申し訳ないんだけれど、こっちで見ていてとても嬉しいのは、コダマさんと雅美さんが私を探してくれている景色なんだよね。もう涙が出るくらい、嬉しくて嬉しくて、飴玉みたいになめているの。喜びってほんとうに心の養分になるんだね。この力をもらえたから、私はママを連れて帰ってみせる。

雅美さんなんて、私たちのことあんなにうっとうしく思ってたくせに、私たちのことやっぱり大好きなんだよね。だから、ふたりを眺めているのはパパが死んでママがずっと寝てる悲しみだとか、コダマさんちで大歓迎っていうわけではなかった暮らしの思い出を塗りかえるほどの幸せな景色なんだ。家族を失って唯一よかったのはさ、あの人たちとたくさんアイス食べてごはん食べて、なんだかんだ言ってずっと家族として愛されていたことだもんね。私たちが借り暮らしと思っていた生活が、ほんとうの生活だったことが今になってよくわかったんだ。間に合ってよかった。」

こだちはうっとりとした笑顔で言い、その目にはうっすら涙が浮かんでいた。私はその涙をとても美しいと思った。蓮の葉の上の朝露みたいだった。

人はたとえ双子でもそれぞれ。だれもが孤独なことにはかわりない。それでも讃えあうことはできる。

きっとこだちは今、この夜の星空の下、違う世界にいる。

閉じたまぶたに長いまつげで眠っている。それが死とどう違うのか私にはうまく理解できていなかった。

こだちはこの家の庭にたくさん生えていたマヌカの、プラスチックの作り物みたいなはっきりした形と色分けの赤と白の小さい花を私に渡した。

草のようなその香りがはっきりと感じられた。

その花の輝きと同じくらいの赤い光に包まれて、目の前のこだちはだんだんかすんでいった。

「行かないで、こだち。」

私は言った。

こだちはにっこりと微笑んだ。

花の光とこだちの光はひとつになって、私の目の中にひゅっと入ってきた。

私の目の中には美しい星が宿った。そして私は少しだけ気持ちが強くなった。

ずっとこんな風にわかりあいながら会話をして、とんとんと私たちは生きてきた。

ふたりでいることに何の疑問もなく、悩みもなく。

そのことをとても幸運だったと思う。

夢を見ているあいだに流した涙は乾いて頬にはりついていて、その跡を新しく流した暖かい涙が溶かしていった。

そして不思議なことに、目覚めた私の手の中にはマヌカの小さな花があった。小さな花からは大きな光が発散されていた。まるであの花束のように。

ここにいる、希望はある、そんなふうに。

＊

私は言われた通りにロールプレイングゲームのごとく、植物園へと向かった。

植物園の入り口の斜め向かいの、チケットやちょっとした飲み物を売っていたお店があった場所はすっかり更地になっていた。

私はコダマさんから聞いて知っていた。数年前その小さな家の入り口で売店をやっていた夫婦は火事で亡くなったのだ。

平和（と言い切れないところがあるけれど）なこの街にとってそれはたいへん大きな事件で、みなが冥福を祈った。

子どものときから植物園に来ていたこの街の人たちは、いつもそのおじさんとおばさんからチケットを、ドリンクを、お菓子を買い、優しくされて育った。彼らはやがておじいさんとおばあさんになり、おじいさんが少しボケてしまって火の不始末をして火事を出してしまったのだった。

真っ黒な土の上には予想したとおりあの小さな花束があった。

私は花束の写真を撮った。

ピンクのポンポンした花を咲かせる雑草とクローバーでできた極小の花束。なんでこんなふうになかなかしおれずに元のみずみずしさが残っているのだろう？

「そう言えば私はお花も持ってきてないしお線香もあげてない。いつから私はそんなに忙しい身分になってしまったんだろうな。いつもあの人たちに親切にしてもらっていたのに。」

自分のことばかり考えているとろくなことにならないということを、まだ若い私はすぐ忘れてしまう。

彼らの人生が最後あまり喜ばしくない終わり方をしたからといって、この街に刻まれた彼らの美しい足跡が消えるわけではない。それが街というもの。

ちっぽけな花束の力が私の心を風のようにすうっとそんな高いところまで持っていった。もしかしたら花束を作っている人は見る人のそういう変化までどこかでわかっているのではないか、そう直感した。

私は花束とお線香とライターをスーパーで買い、それを元々あったその小さな花束のとなりに置き、お線香に火をつけて、燃えつきるまでそこにいて短い祈りを捧げた。

そしてものすごく不思議に思った。

私の花束のほうが豪華で色とりどりの花が混じっているしずっと大きいのに、その小さな花束のほうが神々しく、私のよりもずっと力強い。

人類がなにかを悼むためにあるいは讃えるために花を摘んで花束を作ろうと思った、その最初の気持ちってこれなんだろうなと思った。

ひいてはその心はだれかが芸術作品を作って、それが人の心を動かし他の人もそれに接したいと思った最初の状況にもつながる。行政や権力者につながる前の芸術というものの真の姿。

私はしみじみと感心した。個人の思いの力ってほんとうにすごいなと改めて思ったのだ。

それから私は、その売店がなくなって一箇所だけになったバス停の脇の小さな受付でチケットを買って植物園の中に入り、いつも母やこだちと座っていたお気に入りの場所、温室の中のベンチにひとりで座った。

さびれた植物園の中には大きな温室があり、南国の木がたくさんあって冬でも暖かだったので母と私とこだちはここに来るのが好きだった。憧れても決して届かない南国の空。

その場所の変わらなさに驚いた。ベンチの木のはげたところまで昔とすっかり同じなのに、となりにこだちも母もいない。私は大人になっていて、ひとりで入園料を払い、ひとりでここで過ごせるようになっていた。いつのまにか、あっという間に。

寒そうな空を眺めながら飲む温かい紅茶は胃に優しくしみてきた。温室の中の濃い緑に重なって、ガラスの向こうに見える真冬の木々は風のない午後に空高くそびえたち、私をじっと見ているように思えた。

こだちがいなくなって、それまでの私の単純で筋が通っていると思っていた生き方がプリズムを通した光みたいに、急に複雑にゆがんだ。空も土も木々も私の生き方についてなにも答えてはくれなかった。

ただそこにしんとあって、その透明なまなざしでじっと私を見つめているだけ。

私が自分のことで頭をいっぱいにしてばかりいないで心を開いてさえいたら、きっとまわりにある小さな自然や生活の営みは私にとても優しいのだろう。

空をただじっと眺めたり、土を触ってそこに残る太陽の光の甘さを感じたり、木陰で揺れる光のもとでさらさらいう音の中で眠ったり、それを自然に受けとめることができた幼く幸せな日々がいまだに恋しかった。

*

紅茶でおなかをたぷんたぷんにして、考えもまとまらないまま私はまた街に出た。

植物園の前のバス停から母が眠っている街一番の大きな病院までは二駅だったので、私はちょうどやってきたバスに乗った。

午後のバスはのんびりしたお客さんばっかりで、席も空いていた。光差す懐かしい街を抜けていくのはタイムスリップのような感じだった。こうやってこの街にいる今の自分をだんだん取り戻しているんだと私は実感していた。

病院の建物のまわりは薬局とランチの店ばかりで、常に人がいるにぎやかな界隈だ。私はそこに行くといつも観光地みたいだなと思う。

病院に来て、薬をもらって、お昼ごはんを食べて帰る人たち。神社やお寺にお参りするみたいだ。

大きな駐車場まで広々と入り口は開けており、大きなロータリーと庭がある。庭の池の周りでは人々が思い思いにくつろいだり面会したりたばこをすったりしている。

母のいる棟は三番目の一番奥にある古くて重厚な建物で、手前のピカピカの入院棟や外来受付のにぎやかな世界を抜けて渡り廊下を通ってそこまで行くとあまりの静けさに驚くほどだ。

一階はレントゲン室。他には感染症のフロアと、神経科の病棟があるだけ。そして地下には霊安室がある。そんな淋しい棟だった。

三階のいちばん奥の四人部屋で母は今日も眠っていた。ずっと同じ様子なので、時間の感覚がおかしくなりそうだった。点滴の針はさしっぱなしだ。おしめはしているが尿の管はついていない。人工呼吸器もつけていない。

寝たままゆっくりと歳を取っていく母は、今はどんな声をしているのだろうなと目尻の小さなしわを見て思った。

「ママ、ほんとうにもうすぐ目覚めるの？」

私はたずねてみた。

部屋の中は深い寝息に満ち満ちていて空気が重かった。そこにいるのが死んだ人よりも死んでいる人たちに思えてならなかった。廊下を歩く看護師さんのたてる生き生きした下界の音がとても遠くに感じられた。

私は母の痩せた小さな手を握って、

「ほんとうに帰ってきてくれたら、とても嬉しい。いずれにしてもママを忘れることはないから。もうすぐ私とこだちはここに戻ってくるから。そうしたらもっとひんぱんにママの手に触りにくるよ。」

と言った。母の手は昔私たちを養っていた家事をする手とはもう全く違う。使われていない道具のような枯れた気配しか伝わってこない。そしていつもとても冷たかった。これが現実だ、と私は弱気になってしまう。

ひたすらに母に話しかける。手をさする、足をさする。

ずっと昔からくりかえしてきたこの動きを、私はいつも懺悔のようだなと思っていた。でもきっと母の心の奥の澄んだみずうみにはこの声が響いていると信じている。

いつもしっかりと強くそう思うのだが、長居すると私の心の中のなにかまで眠ってしまいそうで虚ろになってくる。私は母の冷たい頬にキスして早々に病室を後にした。

どうしたらほんとうにこの愛おしい気持ちを伝えられるのだろう？　と思いながら。

こだちは違った。

いつも普通に「おはよう、ママ」と言って病室に入り、たまに声が大きいと看護師さんに注意されたりしながら、母に歌を歌って聴かせたり、本を読んだり、悩みごとを話しかけたりしている。つまり「眠っているという状況を無視」という作戦であった。

縫いかけの衣類を母のベッドのわきでこつこつ縫ったり。鼻歌を歌い、サンドイッチなどがんがん食べて、ときにビールを飲んだりしていた。

私にはそんなこととてもできない。どこかで自分が演技しているように思えてしまうだろう。なので、すごくありがたく思った。

こだちはよくそのまま母のベッドにつっぷして深く眠ってしまうので、起きるのを待っていられなくて先に帰ったりもした。後から「なんで置いてったのよ、でもママといっしょに眠れて嬉しかった」といつも言われた。気のいいかわいらしいこだちに。

*

次にすべきことはお墓まいりだった。

すっかり夕方近くなってしまったが、今日のうちに行ってしまおうと思い、私は寺に向かった。

徒歩で行ける距離だったので、途中で父の好きだった白い百合とお線香を買って（今日はよく花に出会う日だと思った。常に花の香りが私を取りまいている一日だった）、大きな門をくぐり、寺務所を訪ねた。

私が知っていた頃よりもずいぶん歳を取り、足が少し不自由になってはいたが、異様に背が高いお寺の住職の不思議な佇まいは変わっていなかった。

二メートルくらいの身長で、目がギョロッとしていて、手や首も毛深く、頭だけが剃髪なのですごく怖く見えた。子どもの頃の私は彼こそが妖怪か悪の権化だくらいに思っていたし、みんな彼を怖がっていた。よく考えてみたらそんな見た目の人がいること自体が普通の街ではないのだが、慣れというのは恐ろしい。

彼の年老いた姿を見てすっかり昔のおびえた気持ちは消え、全てが終わった後だと素直に思えた。彼の手や首の毛はみんな白くなっていた。

きっと私の時間だけがこの街を出たときのままで止まっていたのだろう。

「こんにちは、ここは火葬にしない人が未だに多いんですか？」

私は首が痛くなるほど彼を見上げて言った。

「なにをおっしゃいます、ここではみんな火葬ですよ。」

住職は驚いた顔で言った。

「今は法律で決まっていて、火葬にしないと問題になってしまいますから。」

「私はそうは聞いていないんですけれど。」

私は軽く食い下がってみた。会話のジャブだ。住職は言った。

「それは昔の話でしょう？　悪魔と取引をしたんですよ、私たちより少し前の時代の人たちがね。世界を守るために。」

「世界って、ちょっと大げさではないですか？」

私は言った。

「でもそうなんです。意味合いとしては原発とそんなに変わりません。この街が受け入れなかったら、他の街がそうなる。私たちはそれを選ばず、共存していくことを選びました。状況が変われば別ですよ。たとえば、多くの人が生きているうちに犠牲になるとか。でもそういうことがないので、私たちは『献体』を受け入れたんだろうと言われています。当時の記録も寺や地主の家には残っています。」

住職は淡々と答えた。この話をたずねてきた大勢の人と何回でもしたことがあるというふうな表情で。

秘密を受け入れている場所の雰囲気にはなにか人をいい気持ちに酔っ払わせるものがあ

る。奇妙な伝説を抱えているということによって、みなが共通して見ている特殊で淡い夢のようなものが霧といっしょに街の空気の中に漂っている。

そんなメランコリックな世界の中で、たまに晴れ間があって光がさしたり、人々が嬉しそうにコダマさんのお店のアイスを食べたり、何も知らない子どもたちが道で遊びまわっているのを見たりすると、この世の美しさがいっそう強調されて感じられる。

これは東京などの他の場所では味わったことのない、くせになるような独特の高揚感だった。

きっとこれを求めて、人は「秘密」や「特別」を欲するのだろう。

「いずれにしても、最小限の人が知っていればいい昔のことだから、あまり考えないほうがいいですよ。今は平和なんですから。あんた、どこの人？　もしかしたらジャーナリスト？」

住職は低い声で言った。その大きな背で怖い顔をされると彼が年寄りになっていてもやはり怖かった。

「いいえ、私は昔ここに住んでいて事故で父を亡くしたので、里帰りしてお墓参りに来ただけです。」

私は言った。住職は私をじっと見つめて沈黙した。私の中の幼い私が恐怖でぎゅっと緊張した。

「ああ、わかった！　ミミちゃんか、君はミミちゃんなのか？　久しぶりだなあ。」

住職は急に声を優しく変えて、不審の表情で細くなっていた目をますます細めて私を見た。そこには新たな驚きの光が宿っていた。彼は急によそものを見る目ではない、街の住人を見る親しげな目になった。決して不快なことではなかった。何かの会員として認められたような感じだ。

「あの小さなミミちゃんがねえ。細っこいところは変わってない。でもすっかり美人になって。お父さんのこと、気の毒だった。お母さんはまだ眠っているのかい？」

住職は言った。

「はい、母はまだ入院しています。私のこと、覚えてますか？」

私は目を丸くして言った。

「うん。覚えているよ。君はうちの寺の幼稚園に来ていたじゃないか。ああ、そうか、そうだったか。」

彼は優しい目をして言った。私はたずねた。

「こだちは最近ここに来ましたか？」

「双子の妹さん？　いや、会ってないな。いくら姿が変わっていても、会ったらきっとわかると思う。さっき君を見たときに、当然のようにここの出の人なんじゃないかなと思ったように。」

彼は言った。嘘をついているようには見えず、こだちは彼には会わなかったとわかった。

いい人でも悪い人でもないこの人の感じを、生々しく思い出した。

「ああ、墓守くんが来た。私の足が悪いものだから、彼はほとんどボランティアみたいな値段でここの掃除や管理をしてくれているんだ。よかったら、彼と話すといいよ。年も近いし、彼のお母さんが眠り病で亡くなった。彼もずいぶんそのことについて考え抜いていたから、話が合うと思う。」

住職は私の後ろの霊園を見ながら急にそう言った。

私はさっと振り向いてみた。

そこに少し年下に見える青年が立っていた。

それが私と「墓守くん」の出会いだった。

もちろんそれは彼のあだ名であって、本名ではない。でも私は彼をそのあだ名で認識してしまったから、またそれが彼にとてもよく似合っている名前だったから、私は彼をずっとその名前で呼ぶことになる。

彼は墓場の中から、草と墓をかき分けるようにしてすっと出てきた。

彼の目や髪の色は薄い茶色だった。さっぱりと短い髪型や筋肉質なごつごつした腕、広い肩幅。黒い七〇年代ロック柄のTシャツ。奇妙に深みをたたえたその佇まい、心が広く世界に開かれているという印象の好青年だった。

この墓守くんという人こそが私の人生を変える人なんだ、私は直感した。

近くにやってきた彼の目には英知の深い輝きがあった。星空を見ているような、ぐっと引き込まれる深みだった。

「私はミミといいます。ドリームアイスクリームのコダマさんのうちの養女です。」

コダマさんのお店の名前は口の中でアイスのように甘く溶けた。ちょうど占い師の家で少女が唇を舐めたときのように。この言葉はこんなにも甘かったのかと私は思った。

＊

「お母さんの目覚めるのを待つために、とにかくお父さんが亡くなった今、君たちを引き取り、これからの体制を作ろうと思う。議員さんや地主さんにも相談して、法的な問題はうまくはからってもらえると思う。賄賂はもちろんアイスだけだけどね。

これから進学したり、人生の道を決めていくとき、保護者がいないことがたいへんになる。そうさせるわけにはいかない。決して裕福ではないし、僕たちは家族と呼ぶには頼りないかもしれないが、どうかそう思ってうちに住んでくれ。お母さんが必ず目覚めるそのときまで、僕と雅美がこれからは君たちの親代わりになる。」

コダマさんはあのとき、全く迷いなくきっぱりとそう言った。

「コ、ダ、マ、さ、ん。あ、り、が、と、う。」

こだちはそう言った。

一音一音がはっきりと聞こえて、まるでマントラのように体に染み入ってきた。そんなに誠実なありがとうを私はそれまでの人生で聞いたことがなかった。それがこだちのすごいところだ。こんな風にありがとうを言えるようになりたいと私は切に思った。

私もコダマさんに対して同じように思っていたが、いろいろな不安があって、よろしくお願いしますの一言さえもうまく言えなかったからだ。

そこにある全てのことに感動して泣きそうな私の顔が暗いガラスに映っていた。

その顔は気味悪いほど母に似てきていた。

母がいるのかと思ってぎょっとしたほどだ。

起きている母に会いたければ夜のガラスを見ればいい、冗談にしたくてそう思ったら淋しい気持ちがいっそう増した。

夜の木々が不安な音をごうごうたてて揺れていた。おまえたちをどこにもやらないと叫んでいるかのように。おかしいな、このあたりの木々はいつも私の味方だったのに、とそのとき、ぼんやりと私は思ったのだった。

そんなにも私が淋しかったのは、常に母の目覚めを待つ希望に満ちたこだちに比べて、母はもう目覚めないのではないかという予感が私を暗く覆っていたからだった。

*

「ああ、わかりました。いつもお墓をお世話しています。それにコダマさんのご夫妻もしょっちゅうあなたのお父さんのお墓参りにやってきます。あのお墓は幸せなお墓です。決して忘れられてはいませんよ。」

意外に明るい調子で墓守くんは言った。

「あなたはなんでまたお墓掃除のお仕事をしているんですか？　お若いのに。」

私はたずねた。

「昨年母を亡くしたんです。ふたりで暮らしていたので、ここをもうすぐ離れるかもしれなくて。その前にこの街でできることをしたいなと思い、このアルバイトをしています。

毎日のようにお墓まいりをしていたら、いろいろ気づくところがあって、それを発展させていたらいつのまにかこんなふうになってました。

僕の実の父はアメリカ人で、オアフ島で果樹園とジャムや養蜂の事業をしているんです。その父の家に住むかどうかを遺品整理をしながらまだ迷っているところなんです。向こうは呼んでくれているんだけれど、父の会社に就職しろとか事業のあとをつぐとかそういう話になりそうで、どうにも決心がつかず。遊びには行こうと思っているのですが、今から彼らと縁を深めるべきかどうかもまだ考えられません。なにせ、ここではまだまだ毎日やることがたくさんあって。区切りを感じるまではやりたいと思っています。この墓地がきちんとしていると、街全体が変わっていくような気がしているんです。僕だけの妄想かもしれないんですが。」

墓守くんは遠くを見るような目をして言った。

初対面のこの人さえもさっそくここを出ていくと言う。私はものすごくがっかりした。

少しずつ若い人が出ていってしまい、この街はもうほんとうになにもない田舎のがらんどうな街になっていく。忌まわしく不思議な過去のことはみんなだんだん消えていく。それがまっさらになる善きことなのかさびれていく悲しみなのか、判断できない。きっとどちらでもないのだろう。単に時間が過ぎていくということ。

彼は片手にバケツとほうきとたわしを持っていたし、もう片方の手に持っていたゴミ袋は枝や葉っぱや枯れた花で満杯だった。

「父のお墓参りをしてお線香やお花を捧げたいのですけれど、差し支えなければいっしょに来てもらってもいいですか？　夕方近くて暗くなってきたので。」

ひとりで薄暗い墓の中に分け入っていかなくて済みそうで、ほっとしていた。

何で墓守くんをそこまで信頼できる人だと感じたのかはわからないが、素直にそう思えた。

「いいよ、ゴミ袋だけ置いてきて追いかけます。お父さんのお墓は確か三区画目の奥だったよね。一段下がったところ。」

さすがだと思いながら私はうなずいた。

私は彼を待ってからお墓参りに行くことにした。

住職は昔から変わらないそっけなさで「それじゃあ」と言って去っていった。

彼が街の暗い過去や地主についていろいろ知っているというのはこの街の常識みたいなもので、どんなに過去の真実を知りたくて話しかけてものれんに腕押し、しかし決して嫌われているという感じはせず、会えばいつも親身に話をしてくれる、という実に中途半端な存在だったことを生々しく思い出した。

「過去に闇を抱えたこの場所で平和においしいアイスを作ることだけが軟弱な自分の反逆なのだ」と、コダマさんは常に言っていた。理想を語ってるだけだとあまのじゃくな私は思っていたけれど、その無邪気さにとても救われたし、実際にそうなんだと歳をとればとるほど思えてきた。

その時刻の墓地には人っ子一人いなくて、私は墓守くんがついて来てくれたことを頼もしく思った。水入りの重い手桶も持ってくれたし、お墓の周りの木にあげる水が足りないかもしれないと、近くの水道まで再度汲みに行ってくれた。この力持ちの好青年がいたことがひたすらありがたかった。

私はうっすら苔むした墓石を洗った。お墓をきれいにするとやっぱり気持ちが安らぐ。自分の心まで磨いてあげているようだ。墓守くんの気持ちわかるなあ、と思った。

うす暗い空間に整然と並んでいる墓石がまるでそれぞれの個性を持った人たちの立ち姿のように見えたからだ。もしも悲しく淋しい雰囲気のものがあれば、明るく清潔に整えてあげたいと自然に思うようになるのがよく理解できたのだ。

父のお墓にお参りしたあと、私は墓守くんに告げた。

「あの、植物園の近くでチケットを販売してお菓子やジュースを売っていたご夫妻のお墓を知りませんか？　私、お参りしたいんです。」

墓守くんは私をじっと見て、それを言いだしてくれてありがとうという、言葉にならない言葉を瞳で伝えてきた。それはしっかり私に伝わったので、私も彼の目をただ見ていた。

「あっちにあります。案内します。」

そう言って彼は歩きだした。

彼らの家のお墓は彼らのひっそりした佇まいと同じくらいに小さくて静かで、私はお線香に火をつけて手を合わせた。そして父のお墓に買ってきたお花のおすそわけをした。水がなかったので墓守くんは手桶を持ってまた水を汲みに行ってくれた。

お花を花入れに分けていたら後ろでガサゴソと音がした。ふりかえって見ると、黒い影がすっと横切って行った。あれ？　墓守くんは真向かいの水道に向かっていたはず、逆側からこっちに回ったのかな、と思ってたわしを持ったままきょろきょろしていたら、前方にこちらに急いで向かっている墓守くんが見えた。

彼の表情は陰になっていてよく見えなかったけれど、じっと目をこらしてみたら、すごくあわてた顔をしていた。

「何？　何？」

と私は大声で言った。

彼は私の後ろを指さし、

「後ろ！」

と言った。

驚いて振り向くと、死神のような、あるいは「ねずみ男」のようなフードつきの服を羽織った小さな黒い何かが、後ろから私にのしかかろうとしているところだった。古い毛皮のような腐った果物のような嫌な匂いがした。そう言えば少し前からお線香の香りに混じってこの匂いがしていた、と私は思った。

「ぎゃ〜！」

と叫んで私は飛び退いた。

その何かはまるで獣のようなすばやさで、低い体勢のまま滑るように走り去った。

「何、今の何？」

私は言った。青ざめた顔をして墓守くんは言った。

「う〜ん、なんと説明したらいいか。昔からこの墓地にいた野良ロボットみたいな、野犬みたいなものなんだよ。最近見ることがなかったんだけれど、一体どうしたんだろう？君からよそものの違う匂いが発せられていたのかな。君って何？　何か事情がある人物なの？」

「私はただのコダマミミよ。」

私は言った。まだ心臓のドキドキが止まらなかった。もし彼がいなかったら、飛びつかれて、そしてどうなっていたのだろう。首をしめられた？　さらわれた？

「今、墓守くんがいてよかった。」

私は言った。

「あいつは私をどうしようとしていたの？」

「いつもわからないんだ。」

墓守くんは言った。

「あいつらはなぜか僕には最近なにもしてこない。遠くから見ているだけ。彼らももうほとんど残っていない。もういないに等しいと思う。そんなに攻撃性も高くない。本気で振り払えばそうできるくらいだ。ほうきを振り回して振り払うとすぐ山の中か焼き場の方へ逃げていってしまう。野犬と思うしかないんだ。

……僕の今日の仕事は終わり。ちょっとうちの屋上でお茶でも飲んでいかないか。そういうことについていろいろ話せたら嬉しいんだけど。」

墓守くんは言った。

「ええ、喜んで。ほんとうに喜んで。私も今、だれかとそのことを話したい。」

私は言った。まだ心臓はどきどきしていた。見たことのないものを見てしまったショックでだ。そしてやっとパズルのピースをきっちりはめてくれる人を見つけた、そういう思いでいっぱいだった。落ち着いた彼の佇まいは私を生まれてこのかたなかったような安心感で包んだ。

「屍人使い、絶対ムリ！」

そうつぶやいて私は墓守くんといっしょに墓地を後にした。

不思議なものを見た記憶といえば、昔、家族でピクニックをして裏山に登った日、まるで三島由紀夫の小説そのままのような感じで、家族みんなで小さなＵＦＯを見たことがあった。

このあたりには、ほんとうにわけがわからないことがたくさんある。

地主の家の前には遺跡、山肌には古代の絵、山を越えた高原の隣町にはストーンヘンジがある。だからなのだろうか。

そのときのことを思い出すたび、さっき動く屍人を見たのと同じような気持ちで、あんなことあるはずない、夢だったのかなと思う。

下からせりあがってくる光の異様な色彩に気づいて振り向いたら、三角のＵＦＯがぐんぐん空に昇っていくところだった。虹色と金色と透明と、みんな混じった輝きが全てを照らしながらめくるめく勢いで回っていた。

光に照らされた母がものすごく驚いた表情をしていたのを覚えている。

父はただ呆然としていた。私はカメラを持っていた両親がそれを撮影しようとしなかったことに対してひそかに驚いていた。そのことをこだちに伝えようとしたら、こだちは私を制した。この街ではきっとまずいことになるから記録はしないほうがいいんだとこだちは言った。大人みたいなことを言うんだなと思った。実際大人のような顔をしてそう言っていた。

家族で見たこともないような虹のような色の強い光に照らされているのは不思議な気持ちだった。木々もまた照らされ、おかしな色をしていた。

ぐんぐん遠ざかっていくUFOから見たら、いったいどうだったのだろう。

ぽかんとして手をつなぎあっている私たち家族四人は。

UFOの底は丸くつるんとしていた。計器類も金属が組まれた感じのネジもなく、つるんとなだらかでうっすらと発光していた。その光の美しさと言ったら、虹と朝の最初の光と海のきらめきを足したような、見入ってしまうような輝きだった。それがさざめきながら回っている感じ。

そしてしばらくするとそれは今までこの世で見たことがない速さで、しゅうっと音を立てるように空の中に吸い込まれるように消えていった。

「見た？　今の、見た？　すげえ！」

私は言った。

「そんな言葉遣いはおやめなさい。」

母が言った。

「みんなですごいものを見たよなあ。いい記念だ。冥土のみやげになる。」

父が淡々と言った。ほんとうにそのあとすぐ死んでしまったのだが。

どうしてあんなに変わったものを見てさらっとそんなことを言えるのか、私にはわからなかったが、そのあっさりした感じが父の全てを象徴していたと思う。

「とてもきれいな光だった。全てがこれでいいんだとなぜか思えたんだ。」

父は続けた。

こだちは不思議な表情で空を見上げたままだった。もう見えなくなったＵＦＯをいつまでも追いかけているような遠い目だった。そのときのこだちはとてもきれいだった。その髪の毛の一本一本さえも絵画のように生き生きと描かれているように見えた。

ＵＦＯもこだちも、家族でいっしょにいることも、びっくりしてみんなが思わずくっついて手を握り合ったことも、等しく美しくそしてありふれたことのように思えた。

墓守くんは若くして立派な土地持ちであった。

これではハワイに行って、お父さんのご家族と複雑な関係になるであろう中で事業を継ぐかどうか迷っても無理はないと思えた。

固定資産税とか相続税の問題さえクリアしていれば、彼はこのままここで晴耕雨読の暮らしができるのではないかと思ったからだ。この環境が彼をあんなふうに優雅にしたのか、と妙に納得した。

＊

彼は駅からの広い大通りから少し入ったところに四階建てのビルを一軒持っていた。

彼のおばあちゃんとお母さんのためにそのビルを買ったのは、早くに亡くなった母方のおじいちゃんだそうだ。台湾で働いていた日本人の実業家であるおじいちゃんと台湾人のおばあちゃんは結婚してこの街に越してきた。

墓守くんのおばあちゃんは駅前の大通りで小さな台湾料理屋さんを営んでいた。私もそのお店を覚えていた。ちまきや腸詰や愛玉子や魯肉飯《ルーローハン》をテイクアウトしてよく母が買ってきたものだ。おばあちゃんが亡くなりお店をたたんでからは、彼の最近亡くなったお母さんが四階の住まいのキッチンとリビングで台湾料理の教室をやっていたそうだ。

彼の実家の長きにわたる静かな積み重ねの力でこの街には台湾料理が普通に浸透していた。だから私たちもふつうにビーフンや半分にたたまれた卵焼きや愛玉子や仙草《せんそう》ゼリーを食べて育った。

私たち家族の台湾料理偏差値が高いのはこの一族のおかげだったのか、と話を聞いて初めて知った。

墓守くんのうちのビルのその他の階には一階につき四室の１ＬＤＫの部屋があり、女性専用の貸し部屋になっていた。

墓守くんは亡きお母さんの住んでいた四階の全フロアで生活しているが、季節がよいときはリビングとして屋上を使っているのだと話してくれた。

古いビルでエレベーターがないので、私たちは四階まで階段を上っていった。

美しい石が屋上のドアを押さえているのを私は見た。

これまでに見たことがないくらい美しい、大きな丸いアメジストだった。よく見る、半分にカットされた竹みたいな毒々しい形をしたものではない。小山のようななだらかな形に研磨されて、中にはクラックがあって、いくつものアメジストの結晶が見える。それはまるで芸術作品のように完璧なバランスでそこにあった。

ドアの脇で私は発見した。

蔓で編まれた大きな籠の中のガラスの器に、小さな花束がいくつも入っているのを。

「あ、これ、あの花束。私が大好きな花束。この街のいろんなところにあるよね！」

私は思わず大きな声で言った。

まさか彼が作っていたなんて。

点がつながってきれいな線になった瞬間だった。

こんな田舎町で私の好きなことばかりやっている、とても気が合う人。

「知ってた？　見かけてくれた？　気づいてくれた？　嬉しいなあ。これは僕のライフワークのひとつなんだよ。」

彼は心から嬉しそうに言った。

「あちこちに供養のために置いたりしてる。初めはお墓に置いていたんだけれど、今はなりゆきで墓場を超えてしまって、いろんなところに捧げている。」

「ああ、だからうちの両親が交通事故を起こした場所にも置いてあったんだ。見て、私、この花束を見つけるたびにたくさんの写真を保存しているんだよ。気分が暗いときにはよく眺めている。」

私は花束の写真集を作者に見せた。

「そうか、あの場所で亡くなったのは、ミミさんのお父さんだったんだ。」

彼は写真を見ながらしみじみと言った。

「私のママは、その事故の後、ずっと眠り病で病院にいるの。」

私は言った。

「そうか……その、日常が宙に浮いたような気持ちは痛いほどわかるよ。住職さんから聞いたかもしれないが、うちの母も眠り病のまま亡くなったから。うちは程度が軽くて自宅で看病していたんだけど。」

墓守くんは言った。

同じ気持ちを知っている人同士だから、こんなにも近しく感じられるのかと私は納得した。

「そもそものはじめは母の枕元を彩るために作っていたんだ。でも母のお金を使って花を買ってくるのに矛盾を感じて、庭の草とかそのへんの雑草で花束を作っていたら、だんだん花が必要な場所がわかるようになってきたんだ。まあ多分この街を出たら全く使えない超能力だよな、こりゃ。」

「いや、きっとなにかの役に立つよ。作品と呼んでもいいかもしれない。あれほどまでに意味深い花束を私は見たことないから。」

私は言った。

墓守くんはほんとうに嬉しそうににっこりと微笑んだ。頬が赤くなっていた。きっと今までだれもこんなふうにあの花束の力に気づいた人はいないのだろう。評価が間に合ってよかったと私は思った。

「あの病気は切ない病気だよ。あちら側にしかない特殊な、ヘルペスみたいな神経に内在したウィルスのせいでなるっていうことになっているんだけれど、その病気になる人の数がすごく少ないからもはやだれも相手にしてくれない、腫れ物に触るような病なんだよね。何十年も眠ったままで生きて、やがて少しずつ衰弱して植物が枯れるみたいに死んでいく。僕はその様子を毎日見てた。」

彼は言った。

「遺伝でしか発病しないあの病気にかかったのだから、母は生粋の人間ではなかったらしいといろいろな大人から聞いていたけれど、もちろんなにかの冗談だと思っていた。ふたりで暮らしている母がだんだん眠りがちになっていって、目覚めなくなるまでの日々は、僕の人生でいちばん暗く、恐ろしく、淋しいものだったよ。その言葉につくしがたい経験が僕を今の僕にしたんだと思う。

そんな心弱い状態で調べたこの街の昔話は全部ＳＦかホラーみたいで、生き死にの実感さえ奪われる。さっきの話から察するにそういうの、ある程度は知っていて戻ってきたんだよね？　この街はやっぱりまだまだ変なところなんだよ。」

「うん。戻ってきたとはっきりいえるかどうか、まだちょっとわからないけれど。」

私は静かにうなずいた。そしてたずねた。

「さっき見たものは、墓守くんにとってどういう位置づけなの？　怖くはないの？　私は充分驚いたし怖かったけど。それにあの匂い……！」

私は思わず顔をしかめながら言った。

「昔あちらの世界とつながっていたとき、こちらに漏れ出てそのまま残ってしまったようなんだ。ロボットみたいなものだからすごく寿命が長いんだって。」

墓守くんは淡々と答えた。

「あの匂いは長い期間熟成されているからなんだね……。墓守くん、あんなものの存在に慣れるなんて、慣れって恐ろしいね。今はもう、あれは……もちろん作られていないんだよね？」

思わず言いよどみながら私は言った。

「もうここにはなんにもない。事件もない。みんな終わってしまった。言い伝えと眠り病の人とあの屍人だけがちらほらと名残のように残っているだけなんだ。それで親に会えなくなったやりきれない僕たちみたいなのが、これまた残骸みたいにやりきれない思いを抱えているだけ。」

他の人たちと全く同じことを、墓守くんは言った。

それなのに私はこのとき初めて深く納得した。

きっと、彼がひとりで眠り病のお母さんを看取り、花束を作り、お墓を清めながら死んだ人を供養してきた道のりが真摯なものだったからだろう。私だってその道を歩かなくてはいけないかもしれないのだ。母の生きている体を見たばかりだから考えたくなかったけれど、心のどこかにいつもその道がある。

だからこそ彼の言葉には重みがあった。

「それはちょうど、僕の家を埋めつくしている父の洋書や母の調理道具と同じだ。過ぎてしまった感じが積み重なって地層みたいになっちゃってる。全部忘れてすっきりとここを出ようかなと夢見る日ももちろんあるんだけれど、なかなかね。宙ぶらりんの暮らしに慣れてしまって、だんだん好きにさえなってきた。これでいいんじゃないかと思い出したらもう戻れなくなったという感じだ。この吹上町が夢のような場所に思えてきた。おばあちゃんやおふくろが住んで台湾料理を作っていた頃の懐かしい暮らしがある、理想の場所かのように。」

その声の中にひそんでいる思いやりに私は静かにそして強くうたれた。

ふつふつと熱い気持ちではなく、どちらかというと道端で出会ってもう二度とは会えないだろう野良猫にすりよられたときのような、切ない気持ち。今をとどめたいあの気持ち。激しい風が吹いている中に立っているような、動きのある気持ち。

「あの花束を見て、ずっと、絵を描くようにあの花束を作る人はきっと、こんなふうなすてきなところに住んでいると、生きていることが作品そのもののような人だと直感してたんだ、私。」

「ああ、そうなの？　嬉しいな。いつかだれかが気づいてくれるとは思ってた。期待はしてなかったけど。」

彼はまた頬を赤くした。

私は突然、もう戻れないところにいる自分を知った。

閉じ込めていたこの街や自分の幼少期への想いが、彼との出会いとともに突然によみがえって清らかな流れを創りだした。

あの花束と同じものだ。新しい出会い、私だけの私が初めてここにある。そう思った。

私は私の人生にほんとうに満足していたけれど、私だけのものはきっとなにひとつなかったのだと、初めて知った。それこそが私が私の人生を取り戻して大人になるということの、ほんとうの始まりだったのかもしれない。

じっと見てみた墓守くんの瞳の中には、銀河のように美しい星がぎらぎらとした獰猛な光を放っていた。私の瞳の中のこだちにもらった新しい輝きもそこに呼応して響きはじめたように思う。私もまた新しいところに差しかかっていたのだ。

占いの少女の言った通りだった。

決して恋ではないが、強く懐かしく自分をどんどん変えていく感情、まさにこれだ。

墓守くんはテントの入り口の透明な分厚いシートの隙間から出ているコンセントに、電気ケトルをつないだ。ケトルを持ち上げてふっと気づいたように彼はテントに入り、ペットボトルに入った水を持って出てきた。

「このへんではこの水がいちばん紅茶に合うということがわかったんだ。この紅茶は台湾の友だちが自分のうちの畑で完全無農薬で作っている手摘みの台湾紅茶なんです。で、水は裏山を越えたところの源泉まで行って、汲んできた。この水、となり街の観光の目玉なんだよね。こんな生活って手間がかかってしまうし、『ていねいに暮らす』みたいなものとは対極にある雑で独特な風まかせの日々だけど、今僕は隠遁してるから、いいんだよ。時間がたくさんできた。」

そう言って、ケトルの中にこぽこぽと水を入れた。

「仙人みたいな暮らしなんだね。」

私は言った。

屋上の床のコンクリートの上には、干しているにんじんやトマト、バケツにつけた洗い物らしき器の山（漆塗りの素朴な木の器や、いかにも古道具屋で売っていそうな伊万里のお皿や、お母さんが使っていたであろう七〇年代風のイラストが入った大きなマグカップ）や、絞って干しかけた洗濯物が入ったたらいなどが雑然と散らばっていた。

火鉢にはきれいな炭が赤々と燃えていた。手をかざすとふわっと熱い空気が伝わってきた。

そして外からその小さな建物があまり見えないように、あちこちにはりめぐらされたロープには洗濯物がずらっと干してあった。大きな布やタオルや、Tシャツやフリース、デニム、どこも特別なところのない、質素な服たち。それなのに墓守くんの世界にあるというだけで魔法がかかったように貴重な雰囲気を持っている。まるでこの屋上に干されるためにデザインされたみたいに見えた。きっと雨さえ降らなければいちいち取りこんだりもしないのだろう。

「服までおふくろのを着てる、節約暮らしだけどね。ドローンがものを運んでくれる時代になったら、屋上なんて最高に楽なんだけど。そこまではさすがにこの暮らしは続かないだろうな。」

「家の中にいないのは、お母さんの思い出があって辛いからっていうのもあるの？」

私はたずねた。

「いや、辛いことはその前にもう充分にすみずみまで味わった。今起きていることは、純粋に本や荷物に追い出されてだ。母の荷物を片づけるためにいったん広げたら収拾がつかなくなって。毎日過去のものばかり見ていたら息苦しくて、涙が出ることもあるし、いつも過去の中にいるみたいになってしまって、解放感を求めて屋上で気分転換しているうちに自然にこんな暮らしになってしまった。もちろんもっと寒くなったら下の部屋に引っ込むよ。まだ今は秋の初めで大丈夫だから。」

その淡々とした言い方がかわいくて、私は微笑んだ。

「お茶が入ったら、よかったら下からおふくろの形見の愛玉子持ってくるよ。知ってる？食べてみる？」

彼は言った。私はびっくりした。

「やっぱり！」

もうわかってはいたけれど、キーワードの登場に私は声をあげた。

「なに？」

彼は怪訝な顔をしてから言った。

「おばあちゃんの代に店で出していた頃から、うちにはびっくりするほどの数のその缶詰があるんだ。」

夢が現実になっていく甘い瞬間を私はゆっくりと味わっていた。

今は一瞬しかない、もう二度とこの貴重な瞬間を味わうことはできない。こんな偶然が顔を出す、何かが見つかる瞬間の旨味。

私はごまかすように言った。

「『虹の家』で観てもらったら、将来あなたと子作りをするかもしれないって言われたなんてとても言えないから。

「私、この街の人はみんな、公に口に出せないから、比喩を使っていると思ってたんだ。街いちばんの有力者の家に代々頭のおかしい人がいて、お墓を掘りかえしたりするっていうのを、異世界への通路とか使役とか、違う言い方で言うって決めてるっていう、そういうことなんじゃないの？　って。でもさっきほんとうにあの生きもの、いや、死にものを見てもしかしたら単に全てがほんとうだったのかもしれないなと思った。」

「まあ、それはほとんど、その解釈で合っているんだと思うよ。」

淡々と彼は言った。

「当時の地主がほんとうに異世界の存在だった、きっとそれだけのことなんだよ。はじめに来た当主から大地主ももう三代目らしいから。すっかりこちらになじんでしまったんだろうね。今の大地主はおとなしい人らしいよ。」

あの日UFOを見たのも夢だったのかなと未だに心のどこかで思っているくらいなのに、この設定を自分が受け入れなくてはいけないことに奇妙な後ろ暗さを感じた。私もいつかなにかのきっかけで眠り病になったり変に長生きしたりする可能性があるのだろうか？

「そのくらいてきとうにとらえていないと、変わったことが当然のこととして受け止められているこの閉ざされた街では生きていけない。」

彼は言った。

「墓守をしていたら死んだ人たちが様々なことを話しかけてくるような気がして、いろいろなことがなんとなくわかってくるようになったんだけれど、君のお母さんってほんとうにもう目覚めないの？　感じるんだ、なんていうんだろう。わずかなパルスみたいなものを。それが目覚める可能性なのかもしれないと思う。うちの母はだんだんとほんとうの抜け殻になっていったから、違いがわかるんだ。お母さんってなにか特別な人だったの？」

「今日、他の人にもそれを言われたところ。私は悲観的すぎるのかもしれないって。母は昔、一度眠り病から目覚めた珍しいケースだったらしいの。」

私は言った。

「母がなにものであれ、私たちにとって大好きな母だったから。目が覚めるかもしれないことを考えるなんて、動揺しちゃって。一度、ほんとうに諦めて、悲しんで、今からまた希望を持つのがこわかった。

だって私、先週までなにも見ないように聞かないように考えないようにして妹と都会に住んで、アルバイトして、週に一回ボクシングして、帰りにチャーハン食べてビール飲んでたんだよ。家に帰ったら妹がいて地味な服をこつこつ作っていて。毎日こんな暮らしが永遠に続いて欲しいと思ってた。この上ないくらい平和な人生をやっと取り戻したところだったの。ほんの少し人生の楽しさを知ったばかり。急にこんな変化の中に投げ出されてどうしていいかわからない。」

「そうだよな、それは本当にそうだ。でもさ、変化があるのが人生ってものじゃないか？更新してくのが。全然、焦ることはないよ。それにずっと見ないで聞かないで考えないようにしていたら、やっぱり楽しくはないよ。それは単にリハビリだったんじゃないかな。いつまでもは続かない。」

リハビリ。いつまでもは続かない。

あの姉妹と同じことを彼も言った。

墓守くんは立ち上がり、バケツの中から花束を一つとって、軽く水を切って私にくれた。

これからふさふさになる細いすすきがきれいなもようみたいに混じった、シロツメクサの小さな花束を手にして、私は夢のようだと思っていた。先週まで見つけても正体のわからなかったこのすてきな花束を、今自分は作った人と友だちになりながらフレッシュな状態で手にしている。

小さいけれど奇跡だ。

先週はまだどんな人が作っているかわからなくてただひたすらに焦がれ惹かれたものが、今、この手の中にある。

このように私は変わることができる。

準備はできているんだ。そう思った。

そう思いながら屋上から見る街の緑と海が薄い青の世界の中できれいに混じったようすは、様々な色の光にあふれてとても幻想的に見えた。海のきらきらと森の緑の色はまるで会話をしているかのように調和していたのだ。

「下から愛玉子持ってくる。」

墓守くんはドアのところのライトをつけると、大きな肩の後ろ姿で、階段を降りて行った。

彼が古いガラスの器に盛ってきてくれた愛玉子は黄色く半透明でほんのり甘く、金柑のゼリーに少し似ていた。はちみつがシロップがわりにかかっていた。そこに墓守くんがオレンジ色のレモンを絞ってくれた。無農薬のレモンといい、水といい、彼は食べ物にはかなりのこだわりがありそうだった。きっとおばあちゃんやお母さんもそうだったから自然にそうなったのだろう。

「これ、おいしい。墓守くん、お店ができるんじゃない？」

私は言った。

「冬は全く売れないんじゃないかな。台湾は冬もあったかいからね。それにほんとうはこの果物の実を使って作るものなんだけど、日本にはその果物がないから缶詰しかないし。」

彼は言った。

「原材料がない、それは大問題だね。ところで私の実家はアイス屋さんだけど、知っての通り冬も大人気だよ。」

私は微笑んだ。アイスの話をするとき誇らしい気持ちをどうしても抑えられない。それが私の人生のすばらしい点。

まだ若いけれど、人生を振り返ってみると悲しいフィルター越しにしか見えなかった。子どもだからと遺体を見せてもらえないお葬式や、母が病院に引っ越してしまって急にがらんとした部屋や、そこに残された母の化粧品の瓶などを見るあの気持ちを、二度と味わいたくない。自分がそれしか思うことができなくなってしまっていたことにはっきりと気づいた。

でも墓守くんも同じ体験をして、そこから何かを見つけていた。

人生は短いのだから、そろそろ立ち上がらなくては、獣のように鼻をしっかりきかせて。

「ねえ、墓守くん。屋上から見るこの街の、夜になる直前の光やそれに照らされた景色は最高だね。」

私は言った。

「山が波みたいに連なっていて、海はしずまっていて、遠くから波の音が聞こえてきて。それで山の緑がみんな甘い匂いを発しながら、夕方の陽で燃えるみたいな金色になっているの。なんてすばらしいところだろうって思える。」

「僕もこの時間がいちばん好き。めくるめく変化の全部がすごすぎて、こんな芸術を毎日見せてもらっていいのかと思う。」

墓守くんは言った。

私たちはしばらくただ黙って、その金色とピンクに満ちた、山と海と空のショーを眺めていた。

「ママはこの街が好きだった。それにあの事故は悪い偶然が重なったもので、別に殺されたわけではないから。」

*

その声が急に頭に響いてびっくりした。

こだちの声だった。

私は思わず周囲をきょろきょろしてこだちの姿を探した。

そのくらい近くに聞こえたのだ。

墓守くんの家からの帰り道、すっかり夜になった世界の中、思い思いに自分の住む家への帰路を歩む人々、ゆっくりと閉まりつつある商店、ざわざわ揺れる巨大なプラタナスの街路樹。

そう、母はこの街が大好きだった。霧深い朝にミルクティーをいれて飲むのがなによりも好きだったし、コダマさんのアイスはもちろん毎日のように食べていたし、十三歳未満の子ども連れであれば平日は入園料を払わないで入れたので、私たちはいつも植物園のあの温室で昼ごはんを食べていた。そして母は植物園の中にある木々に勝手に名前をつけていた。

幼すぎてかすかにしか覚えていないが、料理好きな母は台湾料理の教室にもたまに行っていたように思うので、墓守くんのお母さんと母も顔見知りだったのだろう。

愛するこの場所で父と平凡に暮らすことを夢見た母の新しい側面を感じた。違う目で母を見ると、とても懐かしくて話をしたいと思った。大人になった自分と母でいろいろなことを。

殺人や誘拐が幅をきかせていて、大人はみな秘密を守るために事なかれ主義で、霧ばかりで淋しくて閉鎖的だと思っていたこの街が、大人になってみたらもっと美しい宝物に姿を変えていた。

そして私の手にはあの清らかでかわいい花束があった。

もしかしたら墓守くんのような若い人がお墓をきれいにしていることも、この街を変えたのかもしれない。

それからコダマさんのアイスのようなもの……コダマさんが朝起きて、家を出て、車に乗ってメインストリートにある小さな店に行き、掃除し、シャッターを開け、アイスをかき回したり、補充したりする美しい動き。

そしてあの気味悪い姉妹もまた、じっとあの館の中で人々の心を癒し続けてきた。

そんな徒労にさえ思える限りない繰り返しがいつしか空気の中の悲しみを清めていったのかもしれない。

「この街は、いろんな人の力で今は住みやすいところで、どこに出しても恥ずかしくないところになったんだ。時間がたったからだけではない。すごいことだ。私もそこに与《くみ》するのだろうか。」

私はつぶやいてみた。

自分の頭の中のデータを更新するみたいな気持ちで。

＊

さて、残るひとつは大地主の家だった。あらゆる秘密の名残がそこにあるはずだった。

大地主の家「カナアマ家」にとにかく行ってみようと私は思い、翌日の午後いちばんにそこに向かった。

彼らは街の西の外れの森の中にある斎場の近くに、広大な敷地の城みたいな家を建てていた。まるで、まんがに出てくるみたいなデフォルメされた日本のお城のイメージを取り入れた建物で、そこにはさらにちょっとデフォルメされたかわいい金の鯱《しやちほこ》がついている。

それは決して下品な様子ではなく、センス良くまとまっていた。ダリがデザインしたような感じだ。

そのデザインに子どもがひきつけられていつものぞきたがるから、大人は「こわいところだ」「近寄るな」と言い聞かせていたのかもしれない。

うっそうとした小さな森（もちろんその森全体がカナアマ家の敷地である）を抜けて、カナアマ家の正面にある道に入る右手には古墳と思われるこんもりと木が生えた小さな丘があり、その上には石でできた遺跡があった。どうやって運んだのかわからない巨石がまるでテーブルみたいにぶかっこうな形で積まれている。奈良にある石舞台をもう少し平たい石で積んだような不思議な遺跡だった。

子どもだけで森に入るのは禁止されていたにもかかわらず、よくグループで冒険の旅と言いながら遠征して登って遊んだものだ。

人が乗ってもびくともしない安定したその巨石のテーブルは「大きな人のためのテーブル」と呼ばれていた。ちょうど小学生の子どもの背丈くらいの高さだった。

カナアマ家の門や塀は高く、玄関までも遠いのでそこに登っても中が見えるわけではないから、セキュリティも特に及んでいなかったし、私有地とはいえ森は一般に広く開放されていたので、小高くて気持ちの良い場所であるその遺跡に休日に言い伝えなど気にせず、ピクニックに来る家族連れもたくさんいた。

大人になった私は久しぶりに乾いた木の匂いがたちこめる森を抜け、その遺跡を見た。子どもの頃に見たよりもずっと小さく見えた。そこに腰かけて天下を取ったような気持ちで風景を眺めた、おてんばな子ども時代を懐かしく思った。

カナアマ家の門の入り口にある小屋みたいなところには警備会社から来た警備の人が二十四時間つめているようすだったし、奥に大きなブルドッグが一匹いるのが見えた。

この中には異次元に通じる扉があって、その場所にしか建てられないからこそ寂れた場所を選んだのだ、カナアマ家の敷地内に斎場があるのは遺体を分けてもらうためだ、というのもこの街の伝説のひとつだった。

こだちを探しているせいか、力あふれる花束を持っていたせいか、単に大人になったからなのか、私は強気だった。

大きな門の前に立って、こっそりと中を見てみた。

ずいぶん古びて貫禄が出てはいたが、昔と変わらない、この街にしては近代的なほとんど金属でできた外観や門のモダンな様子、贅をつくした素材となめらかなフォルムは「虹の家」に酷似していた。占いの少女がそう言っていたとおり、同じ建築家やデザイナーが建てているのだろう。それはこの世界の人たちのセンスではないのかもしれない。

私は思い切って、インターホンを押してみた。

犬がワンワン吠えてよく聞こえなかったが、警備の男がスピーカー越しに、

「今日はどなたも訪問の予約がないのでお取り次ぎできません。」

とあっさり言った。

私は「わかりました、日を改めます。」と返事をした。

どうしたらこの家の中に入ることができるだろう、コダマさんに頼んだらきっと心配するだろうし、大学で遺跡についてレポートを書きたいとかなんとか理由をつけて、役場を通じてふつうにメールや電話で面会を申し込めばいいのかもしれない、あとでネットで探してみようと思いながら、周りを歩き回ってみた。

決して広大な森ではないとは言え、人っ子一人いない森に囲まれた風と枝の鳴る音しか聞こえない城の周りをうろつくのは少し怖いことだった。今さらわれてもだれも私がここにいることがわからないし、国道に面した森の出口まで走って逃げることなどできないだろう。

しかし柵の隙間から観察すると、真ん中の城型のメインの棟と、内側に向かってコの字につながっている普通の白く四角いビルのような棟があり、コの字の中に中庭があるようだった。門から建物までが門番小屋以外はあまりにもこざっぱりしてなにもなく見晴らし

が良すぎるのと、建物の真ん中の部分から大きな木の枝がちらっと見えていたからわかった。

きびすを返した私めがけて、薄暗くそびえ立つ森の木々の間から小さな影が飛び出てきた。まさに墓場で見たあの屍人だった。私は走って逃げたが、その影は私を追いかけてきた。獣のような速さだった。そしてまたあの不思議な匂いがした。腐った銀杏《ぎんなん》のような匂い。

「来ないで！」

と叫んだとたんに私はそれに飛びつかれ、引きずり倒された。

私は抗った。そんなに力は強くないのだが、あまりの臭さに気絶しそうになった。「ねずみ男」の匂いってやっぱりこれだろうな、と思ったときに首を絞められて気が遠くなった。

それの腹部を強く突いたのが最後だった気がする。私の拳はぐずっとその中に入っていった。果てしない空洞を突いたような気味悪い感触だった。こだちといっしょうけんめい観ていた「ウォーキング・デッド」というドラマの中に出てくる人たちが日々どんな思いをしているのか初めてわかり、申し訳ない気持ちさえ芽生えた。

薄れていく意識の中で、私は見た。

城の中からブルドッグといっしょに大きな人が走ってきた。屍人は這うように森に逃げて行った。

熊のように大きい、強いて言うなら「美女と野獣」の野獣みたいなものがこちらに走ってきながらワウワウ言っていた。なんだろう、あれ、人間？　私はそう思い、気を失った。

＊

うっすらと目が覚めたとき、レースの天蓋や豪華な内装がまず目に入って、私は自分があの占いの館の中にいるのだと思った。この街に来てからの全てが夢で、私はずっとここにいたのだと。

内容をすっかり忘れてしまったけれど、恐ろしい夢を見ていた。

果てしなく深い土の底に引きずり込まれ、自分が小さく狭い箱に閉じ込められて、体が思うように動かない。だから最初に目に飛び込んできた豪華な天井を見て、私はあの占いの老婆の体の中に閉じ込められてしまったのではないか？　と思った。

というのも、夢の中では箱の中になぜか無数のモニタースクリーンがあり、世界中のいろんなことが全部見えるのだ。例えば、沖縄の那覇の久茂地小学校の前の道は今どんな感じかな、と私が思っただけで、ぱっとそこに画面が切り替わった。周りにある他のモニター画面もみんな世界中のいろいろな場面を映している。殺人とか強盗とかも映っていそうで怖くてあまりしっかり観ないようにしたけれど、ふと思い立って、こだちは今どうしてるんでしょう？　と目の前のいちばん大きなスクリーンに願ってみたら、こだちが映った。

こだちは真っ黒な闇の中の白い椅子にめらめらするピンクの光を放ちながら座り、目を閉じて一心に祈っていた。まるで魔法使いのような白い服を着て、顔の前で指を組んで。長いまつげが光に照らされてほほに影を落としていた。そしてこだちの前にある光るシルエットはまぎれもなく母のものだった。なんて大変なことをこだちはしようとしているのだろう、と私は目を見張った。これじゃあ、応援するしかできないよ、と。

するとこだちの前を流れ星がひゅっと横切った。あれはほんとうに流れ星なのだろうか？　と私は思った。人の魂が光っているのではないかと。

画面はそこで途切れ、また見知らぬ街が映った。

その隣の小さなモニターには虹の家のあの部屋が映っていた。ドアを開けて、紅茶のカップを持ったあの少女が入ってくる。彼女はじっと私を覗き込む。

「姉さんの中に、だれか入ってるわよねえ。だれ？　なにをしてるの？　ええと、このエネルギーは……。」

と彼女は言った。ぞっとする冷たさのあの漆黒の闇みたいな目が私の目をまっすぐにとらえた。

叫びそうになってがばっと飛び起きた。

とっさに自分の手を見たらしわしわしてなかったので、そして顔も触ってみたら自分の顔だったのでほっとした。

もしかしたらあの老婆は交代制で、なにかのきっかけでアクセスしてしまった私が次の代に選ばれて、一生あの怖い少女と占いをしていかなくちゃいけないのかと思った。

世にもいやな夢だった。

想像しただけでこんな大きな絶望が襲ってくるなんて、きつい仕事なんだなと改めて思った。あんなにしてまで人を救うために真摯な情報をくれるなんて、ありがたいことだと思い、あの姉妹に静かな尊敬の念を感じた。

そして落ち着いてしっかりと目を開けてあたりの様子を観察した。

私は確かにあの占い師の姉妹の姉が寝ていたような、クラシックな天蓋つきのベッドに寝ていた。

高級なレースの向こうには広々とした部屋が見えた。少しあの家に似ているが、違う。ここはカナアマ家の中なのだ、と私は悟った。

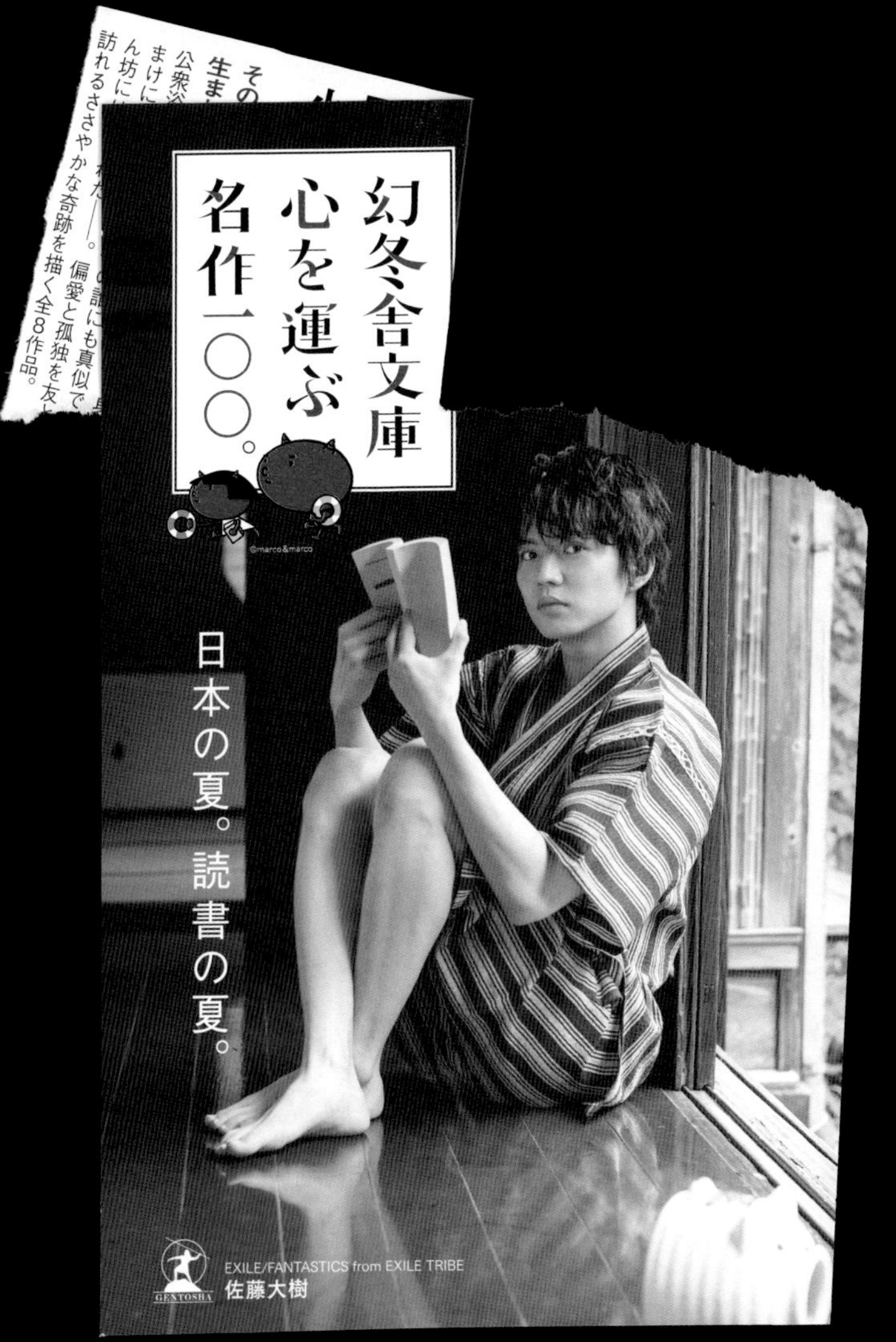
訪れるささやかな奇跡を描く全8作品。
幻冬舎文庫
心を運ぶ
名作一〇〇。
©marco&marco
日本の夏。読書の夏。
GENTOSHA
EXILE/FANTASTICS from EXILE TRIBE
佐藤大樹

張り切っていたはずの健介
名誉を取り戻すべく大企
間が懸命に闘う姿に胸が

830円

白雪姫

なりに構わず、お
きない口笛で、赤
こし生きる人々に

550円

吉本ばなな

吹上奇譚 第一話 ミミとこだち

ミミとこだちの故郷には、異世界人と屍人が住んでいる。日常の景色が一変する唯一無二の哲学ホラー、開幕。

550円

吹上奇譚 第二話 どんぶり

9月9日発売予定!

ミミは、友人・美鈴の体を乗っ取った少女と仲良くなってしまう。少女はなぜ死ななければいけなかったのか。

益田ミリ

美しいものを見に行くツアーひとり参加

美しいものを見ておきたい。なぜかそんな気持ちになりました。

北欧のオーロラ、ドイツのクリスマスマーケット、赤毛のアンの舞台・プリンスエドワード島……。一度きりの人生。行きたい所に行って、見たいものを見て、食べたいものを食べるのだ。

590円

レッドリスト 絶滅進化論
安生正

都内で謎の感染症が発生。厚生労働省の降旗と、感染症研究所の都築は原因究明にあたる。地下鉄構内の連続殺人など未曽有の事件も勃発。混乱を極めた東京で人々は生き残ることができるのか？ 進化系パンデミック小説。

750円

凍てつく太陽
葉真中顕

昭和二十年、終戦間際の北海道を監視する特高警察「北の特高」。彼らの前に現れた連続毒殺犯「スルク」とは何者か。そして陸軍がひた隠しにする軍事機密とは。大藪春彦賞&日本推理作家協会賞受賞の傑作ミステリ。

930円

十五の夏 上・下
佐藤優

1975年夏。高校合格のご褒美で、僕はたった一人でソ連・東欧の旅に出た――。今はなき〝東側〟の人々と出会い語らい、食べて飲んで考えた。少年を「佐藤優」たらしめた40日間の全記録。

各870円

時代小説文庫

山くじら 居酒屋お夏 春夏秋冬
岡本さとる

毒舌お夏の居酒屋は再建初日から大賑わい。ある日、強烈な個性を放つ男が町に現れた。快活な振る舞いとは裏腹に悲壮な決意があると見抜いたお夏だが……。人情酒場シリーズ新装開店。

書き下ろし

650円

夏の手
大橋裕之

夏を探しにいこうぜ！ 大注目の漫画家が描く、「スタンド・バイ・ミー」を超える名作！

630円

こういう旅はもう二度としないだろう
銀色夏生

したくてもできないだろう。旅ができるということは奇跡のように素晴らしいこと。

670円

森瑤子の帽子
島﨑今日子

専業主婦から流行作家へ。80年代を駆け抜け52歳で早逝した作家の光と影とは――。

830円

80's エイティーズ ある80年代の物語
橘玲

「何者でもない自分」の青春記1982〜1995。

670円

花村遠野の恋と故意 キャラノベ
織守きょうや

九年前に一度会って以来、ずっと君が好きだった。世にも切ない「初恋×吸血」ミステリー。

790円

幻冬舎 〒151-0051 東京都渋谷区千駄ヶ谷4-9-7 Tel.03-5411-6222 Fax.03-5411-6233
幻冬舎ホームページアドレス https://www.gentosha.co.jp/

自分のラフな服装がとてつもなく見すぼらしく思えた。服はちゃんと着ていたし、穴のあいた靴下もそのままだったが、靴を履いていなかった。靴を探してあたりを見ると、私のぼろぼろのスニーカーは少し遠くの巨大な革のソファーの脇にきちんと揃えられていた。

そしておにぎりターコイズの指輪はちゃんと指にあった。私はホッとしてその石を撫でた。それだけで少し安心した。私は私のままで、さっきからあまり時間もたっていないし、無事でいる。もう大丈夫だ。

「ここから脱出しなくちゃ。」

私は起き上がってつぶやいた。自分の声ではないような響きだった。それはこの部屋がやたらに広いからだった。天井に声が淋しく反響して、異国にいるような不安を与えるのだった。

突然ガチャと音がしてドアが開き、私は身構えた。

しかし心のどこかで身構えたってしょうがないとわかっていた。やけくそだったわけでもない。私は落ち着いていた。勝手にかぎまわったのは自分なんだから、仕方がない。

墓守くんと仲良くなったり、コダマさんたちがこだちを探してくれているのはすばらしいことだけれど、こだちがいないまま東京に帰ったり、この街のことをなかったことにして暮らすくらいなら、たとえ襲われたってなんだってましだった。

それなのに、私はなぜ母の眠りと目覚めだけは深く考えないことにしようとしたのだろう。

そんなことをしたら、私の心は死んでしまうのに。

しばらく全部から逃げて自分を立て直すことを許してくれよって、私はきっと思っていたんだろう。

でもそれが長引いて心が死んでしまったら、どんな暮らしをしても死んだ心のところから私は腐っていく。見ないようにしていたものだけが、腐葉土のように降り積もっていく。その生き方をするくらいなら、なんでもやってみた方がよかったのだ。やってみないと動かない何かに賭けていったこだちを、私は尊敬した。

潮時だったのだろう。

それから私は、私にとってのこの街の中で唯一の新しきこと、希望、新しい人間関係の可能性である墓守くんのことをもっと知りたかった。その興味や望みがこれほど強いとは思ってもみなかった。まだまだ話をしたかった。人生に関するいろいろな話を。きっと彼とはなんでも話せると私は思った。

でもそのためには、このような思い切った行動や失敗をするしかなかったのだ。

自動で開いたドアの段差のない入り口からすうっと入ってきたのは、見たこともない型のロボットだった。お盆を持っていて紅茶と砂糖とミルクが載っていた。ロボットは現代のからくり人形みたいでなんともそっけないデザインだった。

ロボットは静かに移動してきて、私の枕元のテーブルにそっとお茶を置いた。そして去って行った。

こんなよくわからないところでお茶を飲める気持ちではなかったので、そのままにしていた。

それからしばらくするとノックの音がした。

「起きています。」

と言うと、自動ドアが開いた。こんな重そうな木の扉を自動ドアにするなんてたいへんだっただろうな、と私は思った。

思った通り、さっき野獣みたいだと思った人間がゆっくりと入ってきた。

「ワウワウワウ」と何か言っている。牙も大きい。手の爪は普通の人間なのだが、甲にはびっしり毛が生えている。

私は怖い気持ちを起こさないように、落ち着いて彼をじっと見つめた。

よくよく見たら、獣というよりはすごく大きくて毛深い人間だった。私も動揺していたので、恐怖のあまり巨大な獣みたいに見えてしまったのだろう。ただし彼は身体中毛むくじゃらで、身長は住職より大きかった。二メートル以上はあるだろう。受け口なところも歯が大きいところもちょっとワイルドな見た目の人程度だった。私は怖くて目がおかしくなっていたんだろう。その小さな目は優しい光をたたえていた。価値観とか経済の状態はすごく違いそうだけれど、悪意はなさそうだ。

彼は首元にあるペンダント型の翻訳機のボタンを押した。

「手荒いことをして申し訳ありません。」

単なる「ワウワウ」はそうやって通訳された。人工的な声が大理石の床に優しく響いた。初めてこの場ががらんとした淋しい場ではなくなった気がして、私の気は少し緩んだ。

「私はカナアマ家の当主です。勇といいます。先代の父はずいぶん前に亡くなりました。」

「ちゃんと和名があるんですね。」

私は言った。自分でも「いちばん気になるのはそこ？」とつっこみながら。

代々の当主はともかく、この人は見た目のままの怖さではなく、噂通り現代風の優しい人で、変わった見た目のせいでここでひっそりと暮らしているだけなんだな、とさっきの情報を総合しつつ、理解しながら、私はすっかり落ち着いていた。

「父の代に設定された旧式のボディガードが何体か逃げ出したままで、あなたはそれに襲われてしまったようです。当時危険人物とされていたお母さまの遺伝子情報に反応してしまっているのだと思います。私はその防衛システムを幼かったので自分ではプログラムしてないし、きっと我々の一族も移民してきた当初だけしか使用していなくて、もうとっくにそんなシステムはないのです。が、逃げ出して山や墓地にひそむ彼らはたまに出てきて過激な防衛をしてしまうのです。祖父や父には少し独特な考えかたがあり、多くのことをこの街でしたようなのですが、その全貌は後から生まれてあまり祖父や父に接していなかった僕にはわかっていないのです。いずれにしてもいろいろなことを改善していきますので、どうかお許しください。」

勇は言った。実際はワウワウ言っているだけなのだが、機械の声は奇妙に礼儀正しくそう言っていた。でも実際にこういう人なんだろうと思って私は聞いていた。どこまでも夢見がちで生々しいものは見ない、現実にコミットできないタイプの人特有の話し方だ。

「敷地のそばを不審な態度で勝手にうろうろしていたのは私ですから、どうかお気になさらず。」

私は言った。もちろん全面的に気を許したりはしていなかったが、会話ができる人だということが嬉しかった。

「妹さんのことは、僕も探しています。」

勇は言った。彼の目の中に深い悲しみを見た。

「あなたやあの臭い死んだ人たちが妹をどうにかしたわけではないんですよね？　何か知っていますか？」

私は言った。

「はい、違います。妹さんは僕の、ひとめぼれの初恋の人なんです。昔よく彼女はうちの近辺に冒険に来ていて、しょっちゅう姿を見かけていました。彼女は力持ちで勇気があり、男の子たちを率いて、ジャンヌ・ダルクのように美しかったです。もちろんミミさんのことも覚えています。美人だけど男の子みたいだった。」

彼は懐かしそうにそう言った。

「悪かったわね。男性はだいたい、こだち派なのよ。」

私は言った。ごめんなさい、と言って彼は続けた。

「僕は彼女を誘拐したり危害を加えたりはしていません。ただ、現代の生活の中でもしもあの屍人を急に見かけたら、だれもが動揺したり叫んだり逃げたりします。そのようなことが起きなかったとは決して言えません。だから責任を感じています。妹さんは古い文献を見たいと言って、先週ここにやってきました。僕は稲妻に打たれたようになりました。だれも見たことのないようなすてきな服を着て、美しく成長した彼女との久しぶりの再会だったんです。向こうは僕を知らなかったのだから再会と言っても僕にとってだけですが。

　僕がどんなに動揺しときめいたか想像できると思います。僕は図書室にご案内して、もちろん自分の気持ちはなにも告げていませんし、邪《よこしま》な気持ちも抱いていませんでした。ほとんど会話もなく、彼女は本を写し取って途中で僕が持って行ったお茶に手もつけずにさっと帰って行きました。なによりもすてきだったことは、彼女が僕の見た目に関してなにも言わなかったことです。『カナアマさんは大きくてふさふさしてますね』と言って微笑んだだけでした。」

　勇は言った。

　男心をノックアウトする、こだちのあの笑顔を私は懐かしく思い出した。

　そしてあまりにも彼が素直だったので、一瞬だけ疑った。手の届かない存在だったこだちがここに来たので自制できなくなり、誘拐して監禁している？

　しかし私の直感は「違う」と告げていた。もしそんなことが起きそうな相手であれば、用心深い私はここでのんびり会話したりしていないだろう。

「あなたはいったい何歳なんですか？」

　私は言った。

「五十です。健康を害さなければあと五十年は普通に生きます。もっとかもしれません。

私たちの一族は少し寿命が長いのです。ほんの少しですが。」

勇は言った。毛むくじゃらの手をもじもじ動かしながら。

「話は変わるのですが、もしよかったら、異次元？　異世界？　に通じていた場所を見せてもらえませんか？　私、すごく興味があるんです。とても大きな秘密だということはわかっているんだけれど、なかなかこの家に入る機会なんててないではないですか。私、見てみたいんです。自分のルーツの一部であった場所を。」

私はだめもとで思い切ってそう言ってみた。勇はうなずいた。

「もちろんかまいませんよ、あなたは僕の初恋の人のお姉さんだし、今現在は大切な客人です。うちの敷地内で暴行を受けてしまったことをほんとうに申し訳なく思います。あなたのお父さまが亡くなったことも、お母さまが病院に入ったことにも、責任を感じているんです。実はお母さまの医療費の大半は僕が負担しています。いつかこんな機会があって、このことをお伝えできたらと思っていました。恩に着せたいということではなく、申し訳なく思っている僕の気持ちを伝えたかったのです。僕にとっては当然のことです。」

「そんな……勇さんにはなんの責任もありません。それなのに、ありがとうございます。確かに屍人がうろうろしていることには問題がありますが、墓地やここ、森の中など、あまり人が行かない特定の場所に近づいた私たちにも責任があるんです。首をしめられたのがこだちでなくて私でよかったと思っています。まだこだちになにがあったかはわからないのですが。母のことは、風土病のようなものだし、表沙汰にしたくないから行政が出してくれていると病院側から聞いていたんですが……あなただったんですね。ありがとうございます。」

私は驚いたままで頭を下げた。

「僕が、言わないでくれと伝えていました。当然のことです。この家をかぎまわるものを拘束したり攻撃したりしろとあれらに命じたままの状態で数匹逃してしまったのは、そしてまだ幼い僕に全てを押しつけて死んでしまったのは父の責任なんですから。」

「勇さんのお母さまは？」

「僕を産んだときすでにずいぶんな歳だったようで、僕が小さいときにやはり亡くなりました。おっとりしていて、菜食主義で、本が好きな人でした。僕を育てたのは、母が大事にしていたお手伝いさんです。その人も数年前に亡くなりました。」

「それは、お淋しいですね。だから静かにしている、そんな時期なのですね。」

がらんとしたこの家にいるだけで歴史の重みと孤独が肌にしみてきそうだった理由がわかった。街と同じように全てが終わった後の家だったからだ。

「ありがとうございます。」

勇は優しい声で言った。

私は微笑んだ。

「『異世界への穴』ですが、もちろんもうどこにもつながっていないので廃坑みたいな感じになっていますけれど、ご案内します。いつかうまく改装して観光客が見学できるようにできたらなと思っています。家の前の丘の巨人のテーブルの遺跡といっしょに史跡として見て回れるみたいな感じに。そう遠くない未来に、それは可能になる気がしています。僕がこの淋しさから立ち直ったら、そのように計画しようと思っています。

立って歩けますか？　本当に申し訳ありませんでした。もし痛みが残ったら、医療費を遠慮なく請求してください。帰りにお見舞金をお渡しし、病院への紹介状も書きます。なにぶんこの見た目なので、僕自身はあまり外に出ないのですが、良い先生やデリケートに首を調整できる人たちを詳しく知っている知人がおりますので。」

勇はあっさりと言った。私は、

「不法侵入したのは私ですから、お見舞金はけっこうです。見た目はすごいけれど、すぐに治ると思います。万が一ゾンビに変わったりしたら、そのときはなんとかしてもらいます。一生檻に閉じ込めて養ってください。」

と言って笑いながら立ち上がり、勇と並んだ。

やはり彼はとても大きかった。ただでさえ痛い首だったがより痛く見上げる形になった。こだちはこの……優しい野獣をどう思うのだろう？　好きになったりするんだろうか？　まだどこがどう普通の人と違うのか私にもわからなかった。例えば月が出たら変身したりするかもしれないし、なにが邪悪でなにがそうでないのかの基準だって、まだわからない。慎重につきあっていかなくてはいけない。

「あなたはゾンビになったりしないし、僕だって月が出てもこれ以上人間離れした姿に変身したりしません。」

勇は言った。

「いやだ、私の考えてることがわかっちゃうの？」

そう言えばあの少女もそうだったな、と思いながら私は言った。

「たとえ僕に多少のテレパシー能力がなかったとしても、あなたの考えていることは、あなたの表情からダダ漏れていますから。」

勇は笑った。

「いいです、私はそういうふうでありたいんです。丸出しでいいんです。人はシンプルに生きたほうがきっといいんだから。」

私も笑った。

「僕もそういう人のほうが好きです。こういう姿に生まれてこんな環境にいると、配達の人まで変な気の使い方をしますから。ミミさんの素直さは新鮮です。」

もしかしたらこの人ともほんとうに仲良くなれるかもしれない、と私は思った。

新しい希望がまたひとつ、きらりと光った瞬間だった。


勇のあとについて天井がやたらに高い廊下を抜け、繊細な模様に曇りガラスがはまった立派な扉のトイレを眺めながらダイニングルームを抜けて、階段を降りた。

床や柱の大部分が大理石でできていて冷たい印象だったが、決して廃墟のようではなく、ロボットによってであろうけれどきちんと掃除されて整然としていたし、センスの良いデザインに統一感があるのでそれほど重く苦しい気持ちにはならなかった。

彼の生活は牢屋に入っているような生活だけれど、決して人間味のないものではない、そう思った。虹の家のクラシックな内装と比べて、この家はもう少し近代風だった。

玄関ホールの天窓からはミルク色に曇った空が見えていたが、その光で照らされたホール全体は光っていてうっすら美しかった。晴れていたらこの重い作りの城もきっと明るく見えるだろう。

地下の階段の奥に奇妙に現代的な宇宙船のハッチのドアみたいなものがあり、勇の指紋で簡単に開いた。現れた廊下の両脇にはガラス張りの扉がある部屋がいくつか並んでいた。本棚や物置らしきものがあり、静まりかえっていて中に人はいない。

「今、どうせ、僕に指紋なんてあるのか？　と思ったんでしょう。」

彼は言った。

「わかっちゃった？　でも、もうわかってもいいと思ってウケを狙って素直に顔に出したんだけど。」

すっかり安心して話し方までざっくばらんになった私は言った。

「もうここはほとんど誰も使ってないので、僕くらいしか通らないというのもあるんですよ。研究所だったところに資料を求めて出入りする人たちは僕の自宅に来ることはめったにないわけですしね。来るときは表を通ってきますし。」

「なにを研究していたの？」

「かつて父の残したシステムとか、眠り病の研究をしていた生化学者とか、うちにあった小型の飛行船を研究した人たちとか、当時の記録を全て整理して今に残そうとしてくれている人たちがいたんです。バブルの頃は国や企業も助成金を出してくれたので、滞在してこの街の歴史を研究している人もいたんですよ。そういう人たちに宿泊用の部屋や事務室や資料を開放していました。今はたまに各分野の研究者が自分の研究に関係ある部分を調べに来るだけの場所になっています。

僕の先祖や父のしていたことが彼らのいた場所ではなんでもないことでも、この次元では犯罪だということを、僕は知っています。なので急にではなく、じょじょにその評判を変えていきたいとは思っています。

全ての暗いものは過去になりました。そう信じていますが、過去の呪いの重みは僕を苦しめます。僕だけでも全て引き払って自分の元いた世界に撤退するのがいちばんいいのかと思った時期もありましたが、もう帰り道はとっくにありません。あなたのようなハーフがまだまだこの街には多すぎて、これからもっと人間と僕たちは混じっていく。僕たちがこの世界でしたことの責任は永遠に消えないように思うんです。」

「きっと、あなたのいた場所では、死んだ人を使うことなんて、私たちのしている牛や豚や鶏を殺して食べるよりもずっと罪が軽いニュアンスのことだったんでしょうね。実際私たちの世界にも、遺体を扱う方法が信仰によって独特な国はあるから。」

「僕はここで生まれ育ったので皆さんの感覚しかわからないのですが、僕の先祖には亡骸を敬う文化が全くなかったらしいです。それから僕たちには食肉の文化は全くありませんでした。こちらに来てからは魚や卵はなんとか食べているのですが、未だになじめません。」

「どうしてそんな野獣みたいな見た目なんですか？」

「あんなに大きな牛や象だって植物を食べているではないですか。」

「そういえばそうですね。そういう文化の違いって、どうにもならないものだったんでしょうね。」

「この次元を自分たちの植民地にするとか、そんなことさえ考えていなかったと思います。次元のつなぎ目ができたので普通に冒険心で移民してきて、未開の土地を手に入れて、地球人と普通に交わって、地主として少し権力を使うくらいの気持ちだったんだと思いますよ。僕の母親はやはりこの世界の人ではなかったけれど、そのあたりの感覚は父と一致していました。」

「私は研究とか、むつかしいことは全くわかんないけど、なんか、それってわかる気がするんです。その頃はきっと日本だって、殺戮や処刑や、恐ろしいことがいっぱいあった時代だったんだろうし。」

「ひっそりこの街に暮らしていただけなので、ますますややこしくなってしまったんでしょうね。日本では他に北海道の雪深い地域にこういう村があると聞いていますが、もう僕らの仲間で純血のものは誰もいないようですし。」

「もう地球人になっちゃったんだね、見た目は野獣だけどね。」

「思ったこと、口に出すようになったんですね。」

「黙っててもムダだもの。」

「ああ、面白い人だ。それにいい人だ。ほんとうに、あなたが義理のお姉さんになってくれたらなあ。家族になれたら。僕はとにかく家族が欲しいんです。でもこんな淋しい家に来てくれる人はなかなかいないし、いても財産目当てくらいだろうなと思ってしまうんです。新しくお手伝いさんを雇うにも、僕が独身だから気をつかわせてしまうし、掃除ロボットが完璧なので、ひとりで暮らすぶんにはあまり必要がないですし、僕の見た目を気にしない友人もいるにはいるのですが、みんな変わり者で、しかも近所には住んでいないから……主にネット上のおつきあいになってしまうんですよね。僕はこの手で触れる普通の落ち着いた家族がほしいんです。」

　勇はため息をついた。

「義理の姉になるかどうかはともかく、遊びに来るくらいは明日からだってできますよ。そうそう、こだちはわりとがっちり系が好みだけど、あなたはちょっと行き過ぎている可能性もあるんですよね……。こだちの好みまでは断言できないから、なんとも言えないけど。残念ながらお金持ちだとか、お城みたいな家だとか、そうじしなくていいとか、そういうのには全く揺れないタイプなんですよね。地味なんですよ。大根のヘタとか豆苗《とうみょう》の根っことか取っておいて葉っぱを水栽培してるような。服もみんな自分で作ってるし。贅沢は敵だっていつも私怒られるし。こだちの気持ちを動かすことは私にはできません。でもね、私はあなたみたいな珍しいタイプ、弟に持ってもいいって思います。」

私は笑った。

「ミミ姉さん。」

勇は笑顔を見せた。大きな歯（草食だけに尖ってはいなかったが）まで見えてちょっと怖い笑顔だったけれど、やがて慣れるだろうと私は思った。

この鷹揚な性格でなんにでも慣れてきた。それだけが自分の特技だと思える。慣れるということと、見ないようにすることの差を今はまだはっきりと把握していない。

しかしその間には大きな違いがある。私はこれからそれを人生全部の時間をかけてゆっくりと学んでいくつもりだった。

＊

勇の言うとおりで、真っ暗なその場所に一番似ているものは金山や鉱山の跡だった。空気の湿り気や匂いまで似ていた。

近代的な階段の周りの壁は降りて行く途中から急に土がむき出しのトンネルのようになり、階段も小さくなり、鉄パイプみたいに細い手すりだけが下に向かってあるようになった。勇の大きな体も窮屈そうだった。

階段の最後には、踊り場のようなところがあり、はるか下に向かっている大空洞があった。

「この空洞の奥に、昔、異世界への穴が開いていたんです。」

勇の二重の音声がそこにわんわんと大きく響き渡った。

真っ暗な黒い穴にしか見えない大空洞の底が見えない大きさは、地底人とか地底には大都市があるとか、この世によくあるそういう噂を信じるにふさわしいものだった。

「この底に今は何があるんですか？」

「ただ土の壁があるだけです。理由はわからないのですが、接続が不安定になって父の代にはとっくに閉じていたと子どもの頃に聞きました。両親は多分こちらになじめず帰りたかったんだと思うのですが。特に人々の肉食に耐えられないと言っていつもレタスやキャベツを食べていました。この街の野菜と柑橘がおいしいので、それに救われたと。父は山の上に果樹園を持っていました。経営を他の人にゆずりましたが今もあります。」

「子どものとき、一度だけ家族でＵＦＯを見たんだけど、あれで宇宙空間だか異世界への通路を通ってワープっていうの？　そういうので向こうに帰るみたいなことはなかった？　どう考えてもその方が速そうな気がする。」

「地球内用の小型飛行機みたいなものは昔あったようです。ただ、あれに乗って次元を超えて故郷に帰るというような乗り物ではなかったと思います。」

「理系じゃない二人が話していても、何も解決しないっていうか、本当に漠然としているなあ。あなたの理屈の通った説明を聞けることをすごく期待していたんだけれど、私とあまりレベルが変わらないいんだもの。」

「仕方ないです、僕は建築、設計と文学が専門ですし。ただほぼ独学なので常に専門家を入れないと施工できませんけれどね。文学も僕の大切な趣味ですから、川端康成とか夏目漱石のことなどでしたら、いくらでもお話しできるのですが。そもそもあまりにも昔のことで、誰も覚えてないし。」

「まあいいか、いずれにしてももう閉じてしまっているんだしね。」

私ははるか下にかすかに見える地面を見つめた。そこには太いしめ縄があった。目が慣れてきて少し見えるようになってきたのだ。こんなに深い闇があり、街を覆う霧があり、だからこそ上にある美しい山や湖があんなにも輝いているのだということがわかってきた。

「ここで昔起きたことを記録したり調べたりするのは最低限で、たとえば眠り病を解決するとか、そういうことのためでいいと思っています。父の代から資料はみんな開放しているんです。だからこだちさんのようになにかを調べるためにこの県の内外を問わず、他の国からも、訪ねてくる人はまだいます。大学生や大学院生もやってきます。そういう人には、僕は会ったり話したりしています。そういう人たちは僕の見た目を理解してくれます。ただ、撮影などにはもちろん応じていません。インターネットにこの街のことが過剰な形で載れば、あらゆる筋に事情を説明して削除してもらうようにしています。でもそういった権力との関わりももうほとんどそのくらいしか持っていません。ここは終わった場所なのですから。父と母の写真などは誰にでもお貸ししますし、ネットにも載っていますけれどね。異形のままここで引きこもって生きていくのなら、土地と文献の管理人が気楽です。もしもっと詳しく知りたくなったら森博嗣先生にコンタクトを取ります。」

「あの方なら、すごくうまく説明してくれそうだものねえ。」

「餅は餅屋ですよ。」

「ねえ、勇さん。全く関係ないことをたずねてもいいかなあ。私は、もうふさがっちゃった過去の穴よりもよっぽどこっちが気になるっていう類《たぐい》のことなんだけれど。もしね、あなたとこだちが結婚して子どもが生まれたら、どういう外観なの？　毛深いだけの人間の子とか、力のある野獣とか、いったいどういうことになるの？」

　私は思い切って聞いてみた。住職にはお子さんがいないし、赤ちゃんの大きさなどが姉としてはとても気になった。

「うーん、そこはわからないのですが、これまでの例から普通の人間の赤ちゃんだと思われますよ。ハーフの代になったら、もう僕みたいな見た目の子どもは生まれてきていません。考えただけで幸せで泣けてくるくらい嬉しい想像ですが。野球チームとかサッカーチームくらいたくさん子どもがほしいですね。」

「もし大きかったら、やっぱり帝王切開じゃなきゃダメなの？　女性っていうのは、大きな話よりそういうことが気にかかるものなのよ。」

「かかりつけの医師にも聞いてみますけれど。わからないことも多いのではないでしょうか。」

　勇は言った。そして続けた。

「そう、本当のことを言うと、この街にはかなり昔から純正の人間はほとんどいませんから。他所から来たあなたのお父さんはもちろん人間でしたが。」

「そうだったのね。だから父はずっと居心地が悪そうだったのかなあ。出ていってしまった期間があるのも、それが関係ある気がする。母はここでしか生きられないタイプだったんですけれどね。そういえばコダマさんは？」

「コダマさんはハーフで、奥さまはクォーターです。お子さんに恵まれなかったのは残念でした。」

「私たちが子どもとして一生大切にしますから、あの人たちを。」

私は言った。

「大切にしてください、そうですよ、いっしょに大切にしましょう。こだちさんに関わっていたいという下心がゼロとは言えないですけれど、長い間応援の気持ちで、僕はあそこからアイスを週に一回、ボックスで取り寄せているんですよ。月に一度は病院や養護院とか老人ホームに定期的に差し入れているんです。」

勇は言った。

その声はまるで教会での祈りのように優しく石の天井に響いた。

「ありがとうございます。」

私は頭を下げた。コダマさんたちのことになると、私は謙虚になれる。

コダマさんがこつこつ作ってきた単なるアイスが、カナアマ家と私の母の元々のあまり良くなかった関係をも浄化したのだと思うと、ますます頭の下がる思いだった。人知れずそういうことをしている人がこの世でいちばん美しいと思う。

人知れず良いことを続けてそれが結果的にいろいろなことを調律していく、そういうイメージの中で、いやそれさえも持たずに暮らしている人たち。

コダマさんはまさにそういう人だった。声高に自慢したりしないけれど、常にアイスを通じて平和的な活動をし、カナアマ家にも恨みを持つことなくアイスを平等に届けて。

それから若い私たちをいろいろなことから守ってくれた上に、現実の生活の中ではすっかり手放して、街の呪いから即座に自由にしてくれた。

「この場所に、花を捧げてもいいでしょうか？」

私はその呪われた、そして私たちがもともとやってきたのであろう大切な場所に、ポケットに入っていた、墓守くんの小さな花束をそっと置いた。

私が生まれる前の時代の、暗い歴史を弔うように。

花束からは小さな妖精の粉みたいに光が発散されていた。きらきらとした虹色の粒。

勇はそれを黙って見ていた。勇にもその光が見えているようにと、私はなにも言わずに祈った。

私が今日すべきことはこれだったんだ、とすぐ理解した。墓守くんの力が空間を清めるのを助けること。墓守くんの力をここに届けて、街をまたひとつ浄化すること。私が体を張らないとなかなかこの場所には来られなかったから。

気圧が違ったのか、過去の時空の歪みのなごりなのか、洞窟空間の外に出ると体がふわっと浮くように感じられた。

知っている中でそのぞわっとする感覚にいちばん近いのは東京ドームを出るときの圧が変わる感じだ。昔そこに確かに違う空間があったということを私は体で感じた。気圧や重力の違いが怪力や縮んだ屍人の理由なのか？　と思ったが、それでは説明がつかないことが多すぎる。しかし私の中には理屈抜きでその場所の血が流れてしまっている。受け入れるしかない。

＊

「じゃ、私行くね。知り合えて、話せてとても嬉しかったです。」

玄関ホールで私は言った。

首にはまだ細く小さな指の跡がくっきりと紫色に残っていた。あの臭い屍人はきっとこの街に昔住み、誰かの親だったりきょうだいだったりした人なのだ。いくら姿は変わっていても。そのことを思うと怖くてたまらなかった。

「何か不具合があったら、本当に知らせてください。それから、また遊びに来てください。

僕はなかなか外出できないので。」

勇は言った。

「うん、もちろん。」

私は玄関ホールにある小さなベンチに腰かけて、ロボットがすうっと移動しながら持ってきてくれた靴を履いた。

勇は私の横にちょこんと座った。ふさふさしているせいか暖かだった。大きな犬といるみたいな感触だった。私は思わず勇にもたれかかった。変な気持ちでではなく、犬のように、熊のぬいぐるみのように。失礼な話だが疲れ果てていたので自然にそうしてしまった。

「こだちのことでわかることがあったら、知らせて。こだちが帰ってくるように手伝ってくれる？」

「僕にできることがあったら、なんでも言ってください。なんでもしますから。たとえ彼女が僕を愛さなかったとしても。」

勇は言った。涙がきらっと目の端で光った。

直接もたれている側の耳には不思議な獣のような音が響いていた。

「ねえ『バケモノの子』っていう映画知ってる？」

私は言った。

「観ましたよ。ミミ姉さんの言いたいことも、もうすっかりわかりました。」

勇は言った。

「話が早いねえ。」

私は微笑んだ。

妹が結婚したり、他の人と暮らしたり、まだ信じられない。それは確かにちょっと淋しいことで、今はまだ想像もつかなかった。こだちと暮らせないとか、毎日会えないとか。でも、死んでしまうのに比べたら、生きていてくれるだけで、また会えるだけでどんなにか幸せだろう。

「腕の毛が鼻に入ってくすぐったい。」

私は言った。その声が高い天井に優しくこだました。きっと他の人の声があまりしなくなっていたであろうこの巨大な要塞に、喉が渇いたところに飲んだ水がすうっとしみこむように。

わかっている。たとえ父がうっかり事故を起こしてしまったんだとしても、私たちはあまりいい関係として出会ってはいない。この人の親やそのまた親がしてきたことをなしにすることはできない。その、理屈では消えない呪いの上に新しい関係性を築いていくしかないのだ。

やり場のない気持ち、流れていく時間、噂や伝説が恐怖を増幅させ、罪は分散されて雨みたいに霧みたいに街に散って薄まっていった。

「勇、ちょっと毛の中に顔を埋めてもいい？」

私は言った。

「どうぞ。」

顔を埋めたら、犬のような香ばしい匂いがした。温かくて乾いた木の葉みたいな匂い。ただそれだけで涙が出てきた。

きっと勇のお父さんに疎まれていた私の母。死んだ人を加工して奴隷にしていたくせにヴェジタリアンなんて、どこかちぐはぐな異世界の人たち。

母はきっと無邪気な気持ちでこの街の歴史を調べていたんだろう。

母がその旺盛な好奇心よりも家族の幸せだけを考えてくれていたら、私たちはまだ平凡な家族として言い伝えをふまえながら静かにこの街に住んで、父や母の作った架空の、大きな安全の傘の中にいられたかもしれない。今コダマさんや雅美さんと食卓を囲むように。

そんな個人ではどうにもならない流れや人間の業の全てが切なくて、私の目からはとめどなく涙が出てきた。

うずを巻く温かい毛のぬくもりが私を泣かせたのだ。

もう考えてもしかたない。せめてこだちにまた会えますように、こだちが生きていますように。

「ありがとう。」

私は顔を上げた。初めて来たこわい家はもうよそよそしさをなくしていた。世界がひとつ明るく落ちついて見えて、今日もうひとり新しい友だちができそうだと知った。

「いろいろ、たまっていることがあると思います。違う世界から来た人が混ざるというのは、たいへんなことです。長い長い時間の変化の中で、犠牲になった人たちがたくさんいるのでしょう。僕もある意味ではそういう一人かもしれません。いつのまにか一人ぼっちでここにいて、街中の人になんとなくうとまれて避けられていて、変わった姿をしている。何も知らなかったことは罪だけれど、生まれつき病気でこんな姿をしているのだから、なるべく外に出ないでほしいと言われてずっと家の中で育った。変わった見た目だからいじめられるのではないかといつも怯えていた。僕は僕でゆがんだ人生をここで積み上げてきたんです。ずっといっしょに暮らしていた親のようなお手伝いさんが亡くなったことはさすがにきつかったです。逆にいうと、その人さえいれば僕はここで安定して暮らしていられたんです。」

勇の目には涙がたまっていた。

「ありがとう、私は慣れたからもうあなたを怖がったりしないし、友だちになれると思う。だいたいあの住職を見なよ、あんな変わったなりでも堂々と外に出ていたらみんな慣れたじゃない。」

私は言った。

「治療費はほんとうにもういらないから、こだち公認で、またたまにこの大きな腕に顔を埋めさせてくれる？　何か大きなものに包まれて泣きたいときもあるんだ。ねえ、それからあなたはこんな大きな玄関ホールやダイニングルームのあるおうちに、たったひとりきりでいちゃだめだよ。だれかといっしょにごはんを食べたりもしなくてはいけないと思う。でないとあなたの心がやがてほんとうにモンスターになってしまう。私もこれまでがちの頭をしていたけれど、自分の人生に戻るから。たまにみんなで食事をしよう。」

勇はしっかりとうなずいた。

「いつでもどうぞ。たとえ僕がこだちさんにふられたって、おふたりともいつでも遊びにいらしてくださいね。」

そのとき、あることに気づいた私は涙と鼻水にまみれた顔を勇にきゅっと向けた。

「なんですか？」

驚いた勇は言った。

「私、あなたの言うことがわかるようになってます。その翻訳機と、あなたの言葉が同じものに聞こえている。ワウワウじゃなくなってる。」

「ほんとうですか？」

彼は目を丸くした。彼の優しい心を映してきらきらしている、きれいな目だった。

「今、ほんとうですか？　ってどっちからも聞こえたもの。ちょっとその機械、外してみて。」

私は言った。

勇は首にかけていた小さな翻訳機を外した。

目と目をしっかり合わせて、私たちは息をのんで、その瞬間を待った。

「僕の言ってること、わかります？」

勇は言った。

「わかります！」

私は心からの笑顔でそう言った。

心のチューニングをその声の調子に集中して合わせていく感じにすると、彼の声はちゃんと日本語として耳に入ってきた。決してテレパシー的なものではなく、実際に聞こえてくるのだ。ワウワウいう音は集中の湖の外に飛び散っていって、だんだんと水の底から言葉が浮かび上がってくる、そんな感じだった。

「なんでだろう？　私がハーフだからなのかな？」

勇は悲しそうに首を振った。

「それはないと思います。僕の声帯が日本語を上手に話せないのは、機能的な問題だそうですから。」

勇は言った。そういう長いフレーズだと少しだけこもったワウワウ音が入る感じだった。しかし聞き取りを練習していけば、どんどん聞こえるようになりそうだ。

そのことはとても希望的なことに感じられた。

真冬の雪の残る景色の中、春に向かって枝に小さい芽がついているときのような、とにかくこれからだというような感じ。そういうものをひとつひとつ見つけているこの帰省が決してむだではないような感じがしてきた。

未来の弟（毛がふさふさした）候補と心を通じあわせ、私はさっきまで心の中で悪の巣窟だったはずの謎に包まれていたカナアマ家を後にした。いざ入ってみるとなんでもないなと思いながら。こだちが母のために行動したのも彼女にとっては意外にこんな感じだったのかもしれない。

首についた手の跡が気味悪く真っ赤に腫れてあまりにも生々しくホラー映画のようだっ

たので、私はすぐにコダマさんの家に帰りにくかった。新しい事実を知りすぎて、少し興奮していたというのもある。ワンクッション置きたいところだった。

なので私は墓守くんがまだいるであろう墓場に向かった。

やるべきことをやりとげて堂々と会えるこの気持ちが誇らしかったので、どちらかというと浮かれた気持ちだった。

＊

「なんだよ、そのひどい首の色。人形の首をもいで縫い合わせたみたいになってるじゃん。」

墓守くんが心からのびっくり顔をしたので、私はホッとした。新しく友だちになってくれた人がそんな心配な顔をしてくれるのなら、首を絞められたかいがあったというものだ。

「その言い方がいちばんこわいよ、すごく痛いような気がしてきたじゃない。」

私は言った。

「無茶するなよ。妹だって、今は一人で動くなって言ったんだろう？」

「うん、でもおかげでものごとがあっけなく百倍くらい早く進展して、気が抜けてしまった。」

私は言った。

彼はまだ私の首を見つめて涙目になっていた。なんて素直な人だろうと私は思った。

「僕も墓で昔何回か襲われてそんなふうになったけど、すぐ追い払えるようになったから。でも最初はもう恐怖で家から出られなくなるほどだった。だから君がどんな思いをしたかと思うと、責任感じる。狙われてたのはわかっていたのに。まさかあいつらが墓場の外にも出没するなんて。」

「そんなに言ってくれなくても、あんな古びたちっこい奴に負けはしないよ。ボクシングやってたんだから。」

私は笑った。

「最近全く見かけなかったのに。さらに言うと、あれ、壊れるまでは永遠に死なないから厄介なんだよね。」

墓守くんは言った。

「前世紀の遺物なんだね。」

「一度死骸を埋めたことがある。からからに乾いて、干し首みたいな顔してた。」

「そうだね。この街には変なことが多いから、あまり考えなかったけれどね。悲しいよね。

あれがいつかわからないけど昔生きていた人で、だれかと家族だったなんて。」

私は言った。

午後の墓場を吹き抜ける風は爽やかで、木とお線香のいい匂いがした。

そのあまりの爽やかさにいろんなことを忘れてしまいそうになった。

何で今ここにいるのか、私はどこから来て、どこに行こうとしているのか。

今風が心地よいからいい、そう思って目を伏せた。

「もしかしたら私が母と似ているから、間違えたのかもしれないね。」

間違えたターゲットを狙い続ける自動人形、それらはあの占い姉妹と同じくらい切ない存在に思えた。

じゃあお前の存在は切なくないのか？　と私は私に問う。

私は切なくない、と私の心の奥底は答えた。

私は愛されて育ってきたし、いつもこだちがいたし、今もここに生きていて、どんどん軽くなっていっている。まるでこの墓場に吹く風のように自由だから。

彼らは永遠に捕らえられているからこそ、どこかしら切ないのだ。勇も切ないし、住職も切ない。彼らがまだやってきた世界の姿をとどめているから、あんなでかい図体でもいまだに自由に物事を見聞きできないなんて。

小さいときに妖怪と呼んだり物陰から住職に石を投げたりした自分を悔やんだ。子どもってそんなふうに正直でしょうがないものだ。住職は別にいい奴ではないけれど、勇気を持って人前に出てあの仕事をやると決めた立派な人だった。

そういうことがわかってきたということが、時間が流れているということ。

自分が変化しているということ。

＊

首に貼る湿布をもらいがてら、また墓守くんの屋上に寄ってお茶をしていくことになった。

お茶請けは台湾の梅だった。ねっとりと甘くておいしい。彼に会っていたら台湾に行きたい気持ちがどんどんふくらんできた。こだちが戻ってきたらいつか台湾に一緒に行こうと思った。缶詰ではないできたての愛玉子を露店で外に座って食べたい。そんな日が来るのか、あまりに遠すぎて信じられないような気持ちになったけれど。

「戻ってきたら」という言葉そのものがまるでその梅のように甘かった。

私はそれをじっくりと味わい、自分の幸せのファイルにつけ加えた。こだちがいてくれるだけでこんなに幸せだと思ったことを、私は忘れないでおこう。こだちとけんかしたら（めったなことではしないんだけれど）取り出して眺めようと思った。

気だるくひしめく光に溢れて時間が止まったような街と山々と木々と海の眺めを、私はまた飽くことなくうっとり眺めた。まだ二回しか訪れていないのに、この屋上からの景色をすっかり好きになっていた。

「墓守くんの亡くなったおばあさまは、台湾の方だったって言っていたね。」

「そう、おじいちゃんは日本の実業家。この街に来たのはほんとうに偶然だった。祖父が生まれ育ったのが山の向こうの隣町で、そこの不動産屋でたまたまこのビルが売りに出されていたのを、日本に資産が欲しかった祖父が買ったそうだ。

ハワイに住む裕福なアメリカ人である僕の父は若くして結婚していて、すでに家庭があった。子どもの頃はわかっていなかったんだけれど、僕の母はずっと正式な妻ではなく父の愛人だったんだ。戸籍上は僕はしっかり認知されている。父の実家は前にも言ったようにハワイで自然食品のメーカーを経営して成功しているんだけれど、父はそもそも文学好きだったので全くその事業に興味が持てず、日本文学を勉強するためにこちらの大学に留学してきて母に出会った。そして僕が生まれ、父はここに年に数回通ってきていたんだ。何で父がいっしょに住めないのかわからなかったから、すごく怖かった。

幼い僕は朝日の中で目をこすって、いつもいなくなった父を探していた。となりに敷いてあるふとんにはもう父はいなかった。かけぶとんがきちんとたたまれていて、敷き布団はそのまま。父の長い足がはみだす様子を思い浮かべた。

前の晩の夜中に父が僕の寝顔をじっと見ていたのは、旅立つからだったのかといつも後から思った。父のいない世界を今日からまた生きていかなくては。向こうは良かれと思ってなにも言わずに去るんだけど、スーツケースも出ていなかったし、おみやげものを買っている様子もなかったのにさっといなくなってしまう。

やってきた日、父は始まりの笑顔でいっぱいだった。成田から大急ぎでバスに乗り、まっすぐにこの家を、僕たちを目指した。これからしばらく一緒に過ごせる喜びで僕たちは新鮮な空気の中にいるようだった。こんなに楽しいことをなぜ続けられないのだろう？　そんな道理があるだろうか？　と幼い僕は思ったんだ。

でも愛人の家ってそんなもんさ。慣れちゃうと父がいる間は祭りだと思えるから、気楽になった。母だって多かれ少なかれ、僕と同じような気持ちだっただろう。だから僕は母が生きているうちはこの街を離れないと決めたんだ。母に僕みたいな思いをもうさせたくなくって。父は母が亡くなる直前まで長い休暇には必ず母を訪ねてきたよ。そして僕とゆっくり過ごしたり、食事をしたり、ドライブしたり。金銭的な援助もあった。今はもう理由がないので断っているけれど、父が母を見捨てることは一度もなかった。それはそれで全うした愛情だったんだと理解している。

　昨日も言ったけれど、父と父の奥さんの間には子どもが生まれなくて、だから、向こうに呼ばれてはいるんだよ。でもいざこうなってみると、後始末のつもりで始めたこの花束のことも墓の掃除もフィールドワークのいちばん面白いところを集めたような仕事で、やめられなくなっちゃって。しばらくこの街にいようかなと思っている。君という新しい友だちもできたし、ハワイに行っても居場所があるわけじゃないし。

　あれ？　僕、けが人に向かってなに長々と語ってるんだろう。これはもはやミミゾンビセラピーだな。」

「なんか私たち、愛されてないわけじゃないのに複雑だっていうところやこの街を好きになり始めているところとか、親が眠り病だとか、よく似てるね、やっぱりモルダーとスカリーだわ。いいコンビだ。」

　私はまるでおばあちゃんが孫を見るような優しい気持ちで墓守くんを見た。恋愛にはなりそうにない。少しもムラムラしない。でも好きだった。落ち着くのだ。まるで家族というみたいで、何一つ違和感がない。

「ねえ、私がこの街に帰って来たら、ここで一緒に暮らしてくれる？　家賃払うから。だってもしこだちがこのままカナアマ家の勇とつきあったり暮らし始めたら、私はじゃまものじゃない。かといって実家に転がり込むのもなんか違うと思うし。」

私は言った。彼は目を丸くして言った。

「話早すぎ。」

「この建物の中って、どこかしら部屋が余ってそうだから。ハワイに行くのなんかやめなよ。家族になろうよ。」

私は言った。

「もうひとつ、離れがたい理由として、僕にはずっとつきあっている彼女がいるんだ。」

彼は後ろめたそうにそう言った。

「いいよ、そういうんじゃないから。あなたのこと襲わないし。人間関係ってどんなに大好きでも恋愛だけじゃないよ。」

私は言った。残念なことにそれは少しもショックなことじゃなかった。

「でも、言っちゃ悪いけど、あなたにはちっとも彼女の影が見えない。どんな人？」

私は言った。

「影は見えないはずだよ。彼女は施設で育って身寄りがなく、特殊な感覚を持っているので外に出るのが苦痛で、ずっと引きこもりなんだ。うちの一階の元僕がいた部屋に住んでいる。そしていろんな本を読んだり映画を観たりして人生について考えている。長いつきあいで、ある意味では僕がいないとダメな人だから。別れられない。それから一般的な解決法として結婚していっしょにハワイに行くこともできない。彼女については、また機会を改めてゆっくり話すよ。」

墓守くんは言った。

「なにその全体的にモヤっとしていて結婚詐欺みたいな発言。でも、わかったよ。じゃ、いいじゃん。私が出入りしても恋愛は続ければ。」

私は言った。

「君って何なの？　なに、その自由さ。」

墓守くんは目を丸くして言った。

「もし墓守くんのことを好きになってしまったら、ちゃんと言うよ。ないと思うけど。そしてそのときにまた考えればいい。でも今は墓守くんとしか、名前も知らない。それでいい。」

私は微笑んだ。

「とにかく住むところ探してるのよ。アパートの空き部屋が出たら知らせてよ。なんかかっこ悪いじゃないの、この歳で実家暮らしっていうのは。しかもその実家には住んだことがほとんどないんだから。今からじゃあ、いっそうじゃまものだもの。」

「うん、今もすでにふた部屋なら空いているから、困ったら知らせて。なんか、今、僕少しワクワクした。彼女には申し訳ないけど。」

墓守くんは頬を赤くしてそう言った。かわいいな、と私は思った。

日陰にいないと少し暑いくらいの陽ざしの中で、テントの陰に座って、焼けていきそうな脚を投げ出して、おいしいお茶の味がしみてきて、幸福だなと思った。

墓守くんが水を撒いたから、床はまるで雨がふったあとのように濡れていた。小さな水たまりに映る空はほんもの以上に美しく見えた。

ゾンビになりかけているのかもしれないし、きれいなものばかり見て、やりとげた感じもあって、気が遠くなってきた。山々から吹いてくる風に吹かれて。首が痒いのだけがいやだったけれど、墓守くんからもらった湿布がそれを吸いとってくれ、ひんやりとして気持ちよかった。

「ああ、なんていい景色。夢のようにきれい。秋が深まったら紅葉を見たい。ここから見るこの街が大好き。ねえ、もしここに住まないとしても、たまにこの屋上に来させて。ふた部屋だと微妙じゃない？　もし私の母もこだちも帰って来たら、私たち三人になるから、別のところ探さなくちゃいけないかも。」

言っているだけでにこにこするような空想だった。

「もちろん。いつでも遊びにきて。」

墓守くんはお茶を飲みながら言った。横顔の喉が動いて、それは生きているもののきれいな動きだった。私はしばし見とれた。

「もしもね、こだちも母もなかなか帰ってこないってことになってしまったら、私はこの建物の中でひとりぐらしをしようと思うんだ。ここでなら、この景色と込みなら、なんだかそれにも耐えられそうな、そんな気がするの。」

私の声は風に乗って、街に降り注がれた。

墓守くんの作った小さな虹色の花束たちも、同じ風に揺れていた。

＊

「ひとめぼれってあてにならないものなのかもしれないですね。こだちさんの面影は薄れていくし、僕はこんななりだし。再会のときの勢いはどこへやら。どんどん自信がなくなってきました。」

勇は言った。

翌日の夕方、私は昨日のお詫びに茶菓子を持って勇を訪ねた。

しっかりとメールアドレスを聞いていたので約束を取りつけ、今度はちゃんと門から堂々と入り、守衛さんもリストを見て普通に通してくれた。

こだちはまだ帰ってこなかった。でもいろんなことが大詰めになっているということだけはなんとなく感じられた。

もう私達は戻れない、そのことはすでに私の体にしっかり染み込んでいた。え、いつのまに？　振り返ったら戻る道は消えてた、そういうふうに。

勇の家の中庭は思った通りすばらしかった。

真ん中にわさわさと枝を揺らす大きなオリーブの木があって、その木を囲んで建物がある、そんな作りだった。

そのふもとには常に循環しきれいな水音を響かせている小さな噴水があり、たくさんの睡蓮があった。水底の石はラピスラズリと水晶の美しいコンビネーション。睡蓮も今は葉ばかりだが、季節がきたらたくさんの花を咲かせるのだろう。噴水の周りはモザイクタイルでシックなブルーに覆われていた。そのタイルも古い陶器のかけらでできていて、微妙に色が違う。勇のセンスはすばらしいと思った。

私たちはブランコみたいになっている、しかし決して華美ではないシンプルなデザインの木のベンチに並んで腰かけてお茶を飲んでいた。

もうすぐ肌寒くなって、外でお茶もできなくなる。きっと墓守くんも家の中に入るのだろう。そんな季節の移ろいが時間を刻んでいくのを、今まで知らなかったこの街の新しい場所で見る喜びが湧いてきていた。

まるで待っていないかのように待つ。忘れているふりをして目の前のことを楽しむ。その相手として墓守くんや勇はうってつけだった。

しかし彼はそれどころではなかったようだ。大きな体の小さな目が、恥の悲しい色に縮んでいた。

はたから見たら、毛深くてワウワウ言っている大きな生き物と並んでうんうんうなずいている私こそが奇妙だと思ったけれど、彼の声は一度聞き取れたらまるで英語がわかりはじめるときのようにどんどんわかるようになってきた。今や翻訳機械は一切必要なかった。

「僕のことを彼女が愛してくれる確率はかなり低い。ないと言ってもいい。でも、やっぱり生きていてほしいんです。姿を見せてほしい。たとえ他の男のものになってもいい。」

「せっかくカッコつけてるところを申し訳ないんだけど、こだちって昔からすごく変わっててね、『美女と野獣』とか、前も言ったけれど『バケモノの子』とか『きりひと讃歌』とか、ネコバスとかが、すごく好きだから、意外になんとかなるんじゃないかなあ。」

「ネコバスはなんとなくジャンル違いですよ。どうしてだかわからないけれど『きりひと讃歌』よりも傷つくんですが。もちろんミミさんとこだちさんのことを話せるのはとても嬉しいです。」

「私たちの会話、けっこうこなれてきたみたい。お約束までできたし。まずそのへんからでいいんじゃないかな。慣れてくると、見た目はどんどんどうでもよくなってくるものだし。むしろ、中身の男気は大丈夫なの？　っていうところが問われるのでは。だって、あなたまるで『モンスター』っていう歌そのものよ。ピンク・レディーをYouTubeで観てみて。まるで勇の主題歌よ、あれは。うちの母がピンク・レディー好きだったから、そんな古い歌を知っているんだけれども。勇とこだちの主題歌と言ってもいいかもしれない。♪私ついていてあげるから何もこわいものはない、もしも何かが起こったら、悲鳴あげて逃げるのよ、気の弱さが心配だわ、優しすぎるその心が傷つくことがあるかもね♪だもん。おかしいくらいぴったりよ。ということは、あなたたちは典型的なうまく行くカップルなのかもよ。ユング的に。」

私は笑った。

「この街の中でだったら、あなたはやがて外に出るようになったほうがいいと思う。ずっと城にこもっているなんてよくない。昔のことを覚えている人はもうほとんどいないんだし、少しくらい変装してもいいし。昨日も言ったけれど、住職を見なよ。あの見た目で普通にトイレットペーパーとか持ってスーパーにいるんだから。慣れってすごいものなんだよ。姿を見せただけで幼稚園児に泣かれたりしてもちっとも気にしていないもの。あれを見習ったほうがいいと思う。

行くのはコダマさんの店と墓地のお散歩、みたいに決まったところだけでもいいし、なんならいっしょについていってあげる。だってこだちが帰ってきてもそれじゃあデートもできないじゃない。もしうまくいっても、こだちをこの城に閉じ込めるつもりなの？　お父さまのことを悪く言って申し訳ないけれど、悪い大地主という昔のイメージを変えるべきだと思う。とりあえず城の庭で芋煮会でも開催して、街の人を招待して、気さくな大地主というイメージを作り上げるのがいいんじゃないかな？　お手伝いできることがあれば、嬉しいと思うんだけれど。たとえこだちとあなたが結ばれなくても、それは絶対できると思うの。そういうことができて、初めて遺跡や異世界への穴のあとが観光地になるんじゃないかなあ。急に観光客が入ってくることに、あなたがなじめるとはとても思えない。」

「とてもそんなことをこの年齢からひとりでする気にはなれないけれど、どこかのんきなあなたたちがもしいたら、できるかもしれないと今は思います。」

「のんきっていうのは、うちの家族の最大の遺産かもしれないと最近思います。芋煮って実は作ったことがないけど、作れるかな。」

「問題はそこなんですか？　できると思います。レシピをネットでいろいろ見て、良さそうなものにしましょう。うちには大鍋もあるし。」

「はじめはみんな来ないかもしれないけれど、やがてきっと、時代が自然に変わっていく。最悪の場合、コダマさんたちと私たちだけで家族のように食べればいいじゃない。それなら関係もスムーズだし、ちょっとアイス屋の改築に出資なんかしたら、こだちなんてすぐさま差し出してくれるかもよ。」

そんなことはないと思うけど、と思いながらも、私は言った。

「不思議だ。」

そう言った勇の目にはまた少し自信が戻ってきていた。

自信は人の心を輝かせ、内側から光らせる。

見た目が普通の人と違っていても、しばらくいっしょにいたらそれがわかるようになる。

私は人のそういう瞬間を見るのが好きだった。

「ミミ姉さんが口にすると、全てできそうな気がしてくる。」

「そうでしょ。だって私もすぐあなたの見た目に、そう、たった二日ですっかり慣れたもの。」

想像の中の芋煮会の光景を私は心の壁にクリップしておいた。まあ、叶わないかもしれないのだが、夢を描くくらいはいいだろうと思う。

あんなに子どもたちに恐れられ、大人たちにはないことにされていたこの秘密の城の門が開くときがもうすぐ来るといいと思う。庭にたくさんの人がいて、芝生の上を子どもたちが走り回り、芋とネギのいい匂いがあたりに漂って、みんなが笑顔でこの新しい城主を受け入れている。そして観光客が遺跡や異世界につながっていた穴を見物に来る。

そんな日が、いつか来ると思った。可能性はある。そういう気持ちを閉ざさないでおいたら、必ず実現する。

「罪悪感があるし、思い込みが根深いんです。カナアマ家のものは街中の人に嫌われているという。」

勇は言った。

「異世界への穴が開いていた場所の門番だというだけで、遺跡が家の前にある珍しい立地だというだけで、そして大地主だというだけで、そんなに卑屈になることはないと思う。勇なんていうすてきな名前をつけたんだもの、きっとあなたのご両親だって、そんなにひどい人たちではないに決まっている。習慣が違っただけでこの街の人たちが思っていたような悪人ではないと、私は信じてる。」

私は言った。

「占い師にもそのようなことを言われます。」

勇は言った。

「彼女たちは、あなたとこだちについてなんて言っているの？」

私は彼女たちを懐かしく思いながらたずねた。

「こだちさんに関してむげなことを言われるのがこわくて、こだちさんと再会してから、この件ではまだあの家に行っていません。」

勇は微笑んだ。

「あの家に一度でも行った私としては、その気持ちすごくよくわかるわ。あの家って、可能性を見いだしにいくはずなのに、ものすごくタイトな気持ちになるのはなぜなんだろう？　自分の中になにかしらうしろめたいような、自信のないようなところがあるからかもしれない。きっとこだちだったら、全くおびえることなくあの部屋に座ると思うから。ほんとうに図星ばかりを言われるってそういうことかもしれない。でも、ふたりに関しては全部がまだ始まりなんだから。あせることはない。私は、勇とこだちがいっしょにいるところを早く見たいな。こだち、早く帰ってこないかなあ。」

私は言った。

その声は人の声を久しく聴いていないであろうこの家のすみずみに吸い込まれるように響いた。まるで水を欲しているかのように、この空間が人を欲していた。

　森と遺跡に守られ、隠されているこの家。人に見られることのない芝生はきれいに刈りそろえられていても虚しいものだ。咲いている花々もなぜか廃墟に茂る草木のようにものがなしく見えた。しかしその静けさと空虚さの中には格別に神々しく澄んだ瞑想的な美しさがあった。噴水の水の流れも透明に整っていればいるほど、勇の孤独と静寂の世界が伝わってきた。

　この暗く静かな暮らしを私たちは流れに乗ってやってきて、強引に破壊しようとしている、そんな気がした。がさつにふるまうこんな私にも、わかってはいるのだ。

　多分私とこんなふうに会った後、人慣れしていない彼は気疲れしてひとりでちょっと寝込んだり、ひとりになったことにほっとしたりするのだろう。

　どんなにひとりはいやだ、人に会いたいと涙しながら夜中に思っている人でも、長くひとりに慣れている人とはそういうものだ。

　なにかが始まるということはなにかが終わるということ。

　それが勇にとっていいことであるように願うしかできなかった。

　知り合ったばかりの私がそう思っていることが、言葉にせずとも伝わっていることだけが希望だった。

＊

アイスクリーム屋の店番をするのは久しぶりだった。

柿、いちじく、ぶどう。

そろそろ秋の味覚がケースの中に並び始めていた。季節の変わり目はコダマさんの腕の見せ所だ。「今年の柿アイスは、柿が豊作だから特別にあたりだね」などという噂が街を流れ、そればかり売れるようになる。

コダマさんは冷凍庫から出したアイスをひっくり返していた。それをケースに美しく移して、今日売るアイスが決まる。

雅美さんは季節のアイスと同じ材料でジャムを煮ていた。店の厨房から甘いいい匂いが漂ってくる。店の外の通りにまで届くこの香りは道ゆく人を微笑ませる。

雅美さんはジャムを昔ながらの作り方で作り、混ぜ物を入れず、煮沸した瓶にひとつひとつ詰めて手作りのラベルを貼っていく。これもこの店の名物で、ギフトにも選ばれるし、作る端からよく売れるのだ。

東京にいるとき、私もこだちもパンに送られてきた季節のジャムをたっぷり塗って贅沢に食べていたことを思い出した。あんまりお金がないけど、ジャムだけは豪勢だねと言い合いながら。

コダマさんの店には、アイスを買えない子どものための特別な通貨がある。お手伝いをしたり、お年寄りのために買い出しをしたりして、それを証明できるサインや写真を持ってきたら「1ボル」もらえる。3ボルでアイスのシングルと引き換えになる。この通貨はしだいに大人にも広まり、大人までお金を払わずにボルで払うことがよくある。そのぶん天国に貯金をしたんだからいいんだ、とコダマさんは言う。お金に困っているわけじゃない、ずっとアイスを作っていることに退屈しないようにそういうことを考えたんだ、と。私はそれはとてもすてきなアイディアに思えた。

アイスが売れるたび、世の中がちょっとすてきになっているわけだ。

大人になればなるほど、その小さな行動がこの街を変えてきたことがだんだんわかってきた。それが親友と最愛の親戚を生活の中から失ったコダマさんにできた、運命に対する唯一の復讐であるという彼の口癖のほんとうの意味も。

私はここでバイトをしながら、母のことをもずっと待っていてもいいなと思えてきた。カウンターにいたら、涙が出るくらいこのお店とコダマさんたちが愛おしくて、なんで私は彼らと離れているなんてことができたんだろうと思ったのだ。

「ねえ、コダマさん、私この街に帰ってきてもいい？」

私は言った。

「新しくできた友人の家がアパート経営をしていて空き部屋があるみたいだから、住ませてもらおうかと。そしてここでバイトをさせてもらってもいい？　バイト代は安くてもいいの。貯金もあるし、他の仕事もあるから。この街にいたらそんなにお金もかからないし。」

コダマさんは奥からゆっくりと出てきた。動きは普通だったけれど、目からは涙が流れていた。そして彼は私を抱きしめた。

「もちろんだ、もちろんだよ。もう悪夢は終わったんだ。こんなときが来るなんて、思ってもいなかった。君たちはもうこの街なんか大嫌いになったのだろうと思っていた。そしてどんなにそうしてほしくても、こちらから帰ってきてとは言わないようにこらえていたんだ。きっと、きっと、こだちもじきに帰ってくるよ。」

きっとが二回くりかえされたところが、淋しさと不安の表れだった。私はコダマさんのことなら親のことと同じようになんでもわかる。

母が目覚めなくても母に毎日のように会いに行こう。それでいいではないか。やっとそれができるようになる。

新しい、不吉ではなくなった故郷に変わったここで。

少し前には想像もしていなかったことだったので、私はまだ夢の中にいるみたいにポカンとしていた。

まさかこのタイミングで、帰るときが来るなんて！

アイスの冷気とそれぞれの果物が描き出すパレットのような鮮やかな色だけがそれを飾るみたいにすばらしい統一感で店の中にあった。

「アイスの店って、夢だね、溶けていく儚い夢を売る店。ボルは善なる夢の単位。」

私は言った。

「アイスを作るという現実には具体的にいろいろ大変なことがあるけれど、ここは夢のような場所だ。みんな夢しか買いに来ないし、売っている方もすぐに溶けていく甘い夢を売っているし。しかしそれだけが人生で確かなものだと思うんだ。アイスっていうのは、それを象徴するものなんだ。こんなすてきな仕事はないと誇らしく思っている。」

コダマさんは微笑んだ。その目尻のしわは昔はなかったものだ。胸がキュッとした。なるべく一緒に過ごしたいと思った。一度解放したらもう止まらなくなったその気持ちが活力に変わって明日につながっていくのがわかった。

私はきっと全身で小さく縮んでひたすらに時を止めていたのだろうと思う。そうするしかできなかった自分のことを愛おしく思った。

ボクサーが顔の前をガードしながらぎゅっと前かがみになり、大切な内臓を守っているように。

なにをやっていたのだろう、私は。

世界はこんなにもそのままで目の前にあったのに。そしてあらゆる扉がずっとそこに並んでいたのに。

＊

そんなふうに日々は過ぎていって、こだちがいなくなってから、あっという間に半月ほどたっていた。

その夜はすごく寝苦しくて、私は何回も寝返りをうった。毛布が体に張りつくように思えてうっとうしく、同じようなとてもいやな夢を何回も見た。

植え込みの陰からこだちの手が出ている。私はあわててその手をぎゅっと握って引っ張ろうとする。その手はとても冷たくて、生きている人のものではないように思える。

私は怖くなってよりいっそう強くこだちの手を引っぱる。するとマネキンの手みたいにこだちの手がもげてしまって私は叫びだす。

あるいは墓地の中にぼろぼろのこだちの服が落ちている。私はそれを泣きながら取りあげて顔を埋める。まだこだちの匂いがして、私は取り返しがつかないことになってしまったことを知る。あるいはこだちにそっくりな石でできた銅像のようなものが真っ暗い荒野に立っていて、私はこだちの体を元に戻そうと思って、なでたりさすったり息を吹きかけたり、一生懸命その石をこする。力があまって私はその石を強く押してしまい、こだちの体は石になったまま粉々に砕け散ってしまう。

何回も何回もそのような夢を見て、私はうなされていた。あまりにも苦しくて寝ぼけながら窓をうっすら開けた。風が入ってきて部屋の中の濁った空気が出ていった。

また同じくりかえしになるであろう不快な浅い眠りに入っていくときのことだった。急に雰囲気が変わり、暗く荒れてささくれだった雰囲気が一掃され、あたりが光に包まれた。

「すごく疲れる日になるから、寝ておきなさい。」

私の前に座っていた父は、冷凍みかんをむきながらふつうにそう言った。

私は父といっしょに電車に乗っていた。東京と吹上町からいちばん近い大きな駅を結ぶ特急電車だった。街を出てからは何回も乗ったけれど、幼い頃父と乗った思い出はなかっ

た。窓の外には山や家々がぐんぐん近づいては後ろに流れていった。がたんごとんという
いい音が耳に響いていた。遠くの山もまた横に並んでは消えていく。まるで時間のように。

「ここどこ？　私たちなんでふたりで電車に乗っているの？」

私はたずねた。

むいたみかんを半分差し出しながら、父はうなずいて言った。

それは父のくせだった。甘いみかんを見つけると、ほとんど無意識に半分私たちに差し出すのだった。

「なんか、ここが話しやすくて良かったみたいだから。」

この設定なら恥ずかしくなくて出会いやすかったから。もうひとつの音声として、私にはそういうふうに聞こえた。

私はもぐもぐとみかんを食べた。みかんは歯にしみるほど冷たかった。それにはっとしながら、これはほんとうに夢なのだろうか？　と私は不思議に思った。

確かにすっぱい味を感じていたし、ひじが触れていた窓のつめたい感触も、電車の振動も現実としか思えなかったからだ。

「私、なんで疲れることになるの？」

私はたずねた。

「ミミちゃん、きれいになった。ママに似てきたなあ。」

父は目を細めて私を見て、そんな関係ないことを言った。

生前の恥ずかしがり屋の父には決して言えなかったであろう言葉だった。

だから言ったじゃない、パパ。心配しすぎだったんだよ、と私は思った。娘というものを初めて持つ人だったから、乙女心の機微に神経質なまま死んでしまったんだね。

目の前の父の顔をよく見ようとしても見えなかった。その表情はうんと若い頃と亡くなる直前を行ったり来たり定まらなくて、ああ、これはやっぱり夢なんだと私はとても淋しく思った。自分こそがふわっと消えてしまいそうな気持ちだった。こんなに確かなものなのに、そしてお互いを頼りに思いながらいっしょにいるというのに、現実ではないなんて。

いや、違う。これを現実のひとつの側面だと捉えればいい。そうしたら聞き逃さず、見逃すこともないだろう、私はそう思い直した。

すると全てのものごとの焦点がぴしっと合った。

心が世界を作る様を、夢の中ではこうしてリアルに感じられるのだ。

父は関係なくにこにこしていた。そして言った。

「これは、俺がママに会うために東京から何回も乗った、懐かしい路線なんだよ。ママをよろしくな。ここに来ると嫉妬とか一切なくなるんだ。ママはまだまだたくさん楽しいことをして、ああやって、花のように笑っていてほしい。血が通った手足で人生を切り開いてほしい。あんなミイラみたいな彼女をパパは見たくないんだ。」

「私も、ママに会いたいよ。パパにはこうして今会えたから。」

私は微笑んだ。そして思い切って言った。これを言ったらお別れになってしまうとわかっていたので、すごく怖かったけれど、今しかないと思った。

「私たちのために東京から越してきてくれてありがとう。いっしょに暮らせて嬉しかった。短い間だったけど。パパからたくさんの最高にすてきなものをもらった。」

父は照れて、窓の外を向いた。

そしてぼそっと言った。

「これから疲れるから、みかん食べて、元気つけて。ビタミンCはいいよ。」

みかんはすごく甘くて、ほんとうに力が湧いてくる気がした。どんな食べ物よりも栄養があり、水以上に潤いを与える。これこそが天国の果実なんだと私は実感していた。

「そして今すぐ行けよ。あの子の体が冷えてしまうから、そのみかんみたいに。」

父は奇妙に淡々と、そして一音一音、私にはっきりと聞こえるようにそう言った。意味は全くわからなかった。

手の中には冷凍の、指にくっつきそうに冷たいみかんの感触。

そこで目が覚めてしまった。

父の低い声がまだ耳に残っていた。

彼の最後の言葉はまたなんとなく間抜けていたけれど。甘いのとしょっぱいのとどっちがいい？　よりはちょっとましになったなと私は微笑んだ。

＊

目が覚めた瞬間に「行かなくてはいけない」と思った。

たとえ頭がおかしいと思われてもいい、行かなくてはと。

パジャマの上にトレーナーをかぶって、階下に降りて行った。そしてふたりの寝室のドアを大きな音でノックした。

「コダマさん、雅美さん、起きて、聞いてください。今すぐお店に行かなくちゃ！　こだちがいるように思うんです。」

こんなとき「こだちがいる」とはっきり言えないのが私の気が小さいところだ。

雅美さんが暗闇の中で半身を起こして、コダマさんをゆさぶった気配がした。

私はそっとドアを開けた。

すぐにふとんをはねのけたコダマさんの飛び起き方は感動的だった。

「よし、行こう。間違いない。」

そう言ってすぐに電気をつけて、車のキーを持って、上着を着た。

雅美さんにもなんのためらいもなかった。いつもの静かで優雅な動きで、彼女はさっと上着を羽織った。

無条件で信じてくれる、私たちは愛されてきた、この人たちに。そう思った。

そしてふいに予感が降ってきた。私はもうこの人たちとの暮らしを卒業するのだと。これまでいじけたり愛されたかったり親の代わりを求めたりさんざんいろんなことをしながら、お店を手伝ったりいっしょにごはんを食べたりしてきた家族の暮らし。

それはもうクライマックスに差しかかっている、そういう気持ちだった。なんで今こんなことに気づいてしまったんだろう。こんなにも愛されてきたことが間違いないと確信できた瞬間に。

もう私はここで暮らすことは一生ない。

はっきりとそうわかったのだった。

三人で車に乗った。夜中の空気は冷たく澄んでいて、なにもかもが夢なのではないかと車のライトに照らされた深夜の道を見ながら私は思った。

コダマさんが店のガラスドアの鍵を開け、先に入って電気をつけた。

店の中はなにごともなくしんとしていた。

アイスの入ったボックスもつやつやと闇に光っていた。

コダマさんと雅美さんは店の中を探していた。手がかりがあるかもしれないと言って、事務所の机の上のものまでひっくり返していた。

私は深呼吸をして、心を落ち着かせた。きっとなにかあるはずだ。

閉じた目の奥に光が見えた。私は目を閉じたまま、その光のほうへゆっくり進んでいった。光のそばにたどりついたので目を開けた。いちばん大きな冷凍庫がそこにはあった。ストックをいれておくところだ。いくつもの大きなボックスが入っている。

そこから白い手が出ていた。

こだちの手だった。

「コダマさん！　雅美さん！　こだちがいる。手を貸して！」

私は叫んで、こだちの手を握った。アイスのように冷たかった。彼女の手から肩へとどんなに冷たくても私はたどっていき、腕を組んで引っ張った。コダマさんたちもやってきて私を手伝った。アイスのボックスが何個もはじけとび、「ずるっ」という感じで冷え切った小さなこだちの体が出てきた。

「こだち、こだち！　しっかりして。」

全身の熱を込めて私は彼女を抱きしめた。

「あ、ミミちゃん。」

震える小さな声でこだちは言った。

こだちのしっかりと胸の前に閉じているもう一方の腕の中にはなぜか一匹のリクガメがいた。これはさすがにママじゃないよな、と私はがっかりした。なんでカメがいるんだ？

しかしこだちのことを考えると、それどころではなかった。

こだちがそのカメをぎゅっと抱いてどうしても離さないので、コダマさんは奥の事務室からひっぱり出してきた冬用のストーブをあわてて電源につなぎ、こだちを毛布でくるんで、カメごと温めた。

そして全員でこだちの体をさすった。途中で冷凍庫のドアを閉めにいったコダマさんを見てやはりアイスを大切に思っているなとちらっと思ったのを覚えている。

数分後、こだちの白かった顔に赤味が戻ってきて、体も柔らかく温かくなった。

「するめのようにだんだんこだちに戻ってきた！」

私は言った。

コダマさんと雅美さんはうなずきながら泣いていた。

私たちはみんなとにかく、すごくこだちに会いたかったのだ。

暗いアイス屋の店内で、私たちだけが戦場にいるみたいな様子をしていた。

＊

こだちを毛布に包んだまま車に乗ってコダマ家に帰った。

リビングの床暖房の上でこんこんと眠り続けたこだちは翌日目を覚ました（リクガメはダンボールに入れて私の部屋の窓辺に置いた。あわててネットで飼い方を見て、キャベツを数枚とボウルに入った水を一緒に入れた。水浴びしたり飲んだりするらしい）。

あんなに悟りきった待ちの気分でいたくせに、私は生のこだちを見たらたまらなく苦しくなっていた。

「ねえ、どうしてこんな無茶なことをしたの？　私がどんな思いをしたと思うの？　こだち！」

まだ起きて間もないよれよれのこだちにはなにも伝わらないとわかっていても、私は泣きながら訴えた。

「もう二度とこんなことをしないで、絶対に。ほんとうに許さないから。」

こだちはしょんぼりした顔をしてしばらく黙り、そして言った。

「私は調べたのよ。うんと調べたの。いろいろな人にインタビューしたり。カナアマさんちにも行ったし、『虹の家』の占い師にもたずねたわ。私のほうが能力が強いっていうことがわかっていたから、ミミがついてくるって言わないように日帰りで何度もこの街に来て、言い伝えを調べたりしたのよ。ないしょで。」

「あんた、よく私をだませたね。ちっとも気づかなかった。」

「だってミミちゃん、まぬけなんだもの。いつもボクシングに行ってるか、バイトしてるか、恋をしてるかで隙間がありすぎて。私は自分の力が人よりも強いあたりから、ずっと疑問を持って自分たちのルーツを調べていたんだからね。」

こだちは笑った。

「ねえ、でもこのままだとママはもう死なないとか、私たちも生きたり死んだりできて、まるで『ポーの一族』みたいなことになるっていうの？　それってきりがないじゃない。こんな大変な気持ちにきりがないなんて、つらすぎる。」

そんな状態でも私は目の前に生きていて温かい体を持ったこだちがいることが、嬉しかった。涙が出るくらい懐かしくて、あたりまえで、私はこだちの小さな手をずっと握っていた。

「それがさ、違うんだよ。ものの本を調べたら、その言い伝えったら血の繋がっている私が十〜二十代の体力がいちばんあるときで、しかも夢見型ではなくて怪力型の人にしかできないことで、ママが眠りについて何年以内で、しかも一度目覚めた過去があり、満月の日にその人のとなりでお祈りをとなえないとできない、などなどとにかくいろんな条件が揃えば呼び戻すことができるっていうことだったの。だから、可能性があるならやるしかないって思って、病院に行ってママのベッドのわきでやってみたのよ。だってやらなかったら一生後悔するでしょう？　だったらかけてみるしかないと思った。わかるよね？　きっとミミにそのチャンスがあったら絶対にやってみるでしょう？」

こだちの目はらんらんと光っていた。そう、これは可能性がどんなに低くても賭けていく人の目だ。

私はうなずいた。

今の私なら、きっとリスクを恐れず同じことをやるだろうと思った。

「あんた、体を分解って、そんなこと。もうすっかり立派な魔女じゃん。」

私は言った。

「そんなつもりはなかったんだけれど、そうなってしまったのかも。」

こだちは言った。そして自分の頬を両手のひらで押さえた。

「私、いつのまにか魔女になっちゃってた。もう私は元の私と少し違うんだ、きっと。」

「私は、こだちが近くにいてくれたら、生きていてくれたら、なんでもいい。なんでもいいんだ。」

私は言った。それが私の本心だった。たとえ一旦分解されて再構成された魔女だろうと、野獣とつきあおうとも、東京の自由な暮らしが終わりを告げようとも。

私の人生の変化の中に、いられるかぎりこだちという個性がいてほしい、ただそれだけだった。

「ところで、なんなのあのカメ。異次元のカメなの？　だれが飼うの！」

私はたずねた。

「と〜っても言いにくいんだけれど、実はこれが、今のところ、ママ。」

こだちはその単純な四つの言葉と共に、リクガメを指差した。

私はリクガメを見た。彼女はつぶらな瞳でこちらを見ていた。

「頼むよ、そんなことコダマさんたちに言えないじゃない。それって鬼太郎の親父みたいな意味？　それとも慰めのひとつの形なの？　病院のママが死んじゃっても、ママと思ってずっと飼っていくみたいな？」

私は言った。

「違うよ。だって、ママがそう言ったんだもの。体に戻るのにあと数週間かかるから、今はここに入ってるって。私もコダマさんたちには言えないから、あちらの世界からカメを連れてきちゃったとだけ言ってるんだけれど。それ、ママなんだよ。」

こだちは大真面目に言った。

私は深いため息をついて窓の外を見た。もうなんでもいいやと思った。

ミルク色の霧に太陽が映っていた。その鈍い輝きが心を落ち着かせる。何があってもさほどの事はない、そう思えてくる。

これから秋が来て、温暖だけれど風が強く霧に閉ざされた冬が来て、そしてまた花が咲き乱れる薄ぼんやりと暖かい春が終わると、激しい海辺の夏がやってくる。強い光に心までさらされるようなこの街の短い夏。

来年は墓守くんの屋上でビキニを着て日焼けをしよう。できればこだちもいっしょに。そう思った。あとは勇の家の立派な中庭でビヤガーデンをしたりもできる。新しいことってなにかとわくわくするものだ。

それからぜひ墓守くんの恋人というのに会ってみたい。彼女がどんな変わった人なのか、興味がありすぎる。すい星くらいの確率でなら外に出てくるみたいだから、いつか会えるだろう。

私がそんな空想にひたっている間に、カメは部屋の中をのたりのたりと歩き始めた。

「リクガメだよね？　このママは。水の中のカメと違って、野菜食べるんだよね？　キャベツでよかったのかな？」

私は言った。

「そうそう。ミミ、疑ってるでしょう。これ、本当にママなんだからね。とにかく大事にしてよ。」

こだちは真顔で言った。

「いいけど……。」

私は言った。

「ミミちゃん、絶対疑ってる。ママにしかわからないこととか、試しに聞いてみてよ。」

「カメに？」

「うん。」

「質問するってこと？」

「そうそう。私、とりあえず昨日雅美さんが作った特製ジャムを持って勇さんのうちに行ってくる。お礼とおわびを言わなくちゃ。」

「ねえこだち、彼のことを好きになれる？　勇とセックスできるの？　犬や熊と寝るみたいじゃなく？」

　私は言った。

「そんなことまだ先だし。それから彼は私のタイプど真ん中なんです。この世にあんな人がいるなんて。もしこのまま恋愛がうまくいくなら、たくさん、子犬みたいな子どもを産みたい。あの家を子どもでいっぱいにしたいの。そういう人生もあっていいでしょう？あと、彼だってあそこは人間だから大丈夫！」

　にこにこしながらそう言って、こだちは部屋を出ていき、私とカメが残された。

　何だ、もうやったのか？　と私が思っていると、

「違うよ、思い切って本人にＬＩＮＥで聞いてみたの！」

　というこだちの声が階下から聞こえた。心で思ったことがわかってしまうなんて、ツーカーすぎる。それが決してテレパシーではないことが、いちばんすてきなのだ。人間の肉体で通じ合ってきた長い時間を感じる。

「ママ、もしほんとうにママだったら、返事して。」

　私はカメに向かって言った。カメはつぶっていた目を開けた。でもなにも言わない。あたりまえだと思った。

「ええと、ママに質問です。こだちとママと昔旅行に行ったじゃない？　ママの恐ろしい

運転で。こじゃれたホテルの温泉に。あのとき入った露天風呂の前にあったのは、山でしたか？」

カメは動かなかった。

「海でしたか？」

カメは動かなかった。

「湖。」

カメは動かなかった。

「池。」

カメは、首を縦に振って、うなずいた。

「嘘だあ、信じないって！　嘘だ～。」

私は頭を抱えた。

そしてとりあえずカメをそっとダンボールに戻した。そしてペットショップで買ってきた薄いヒーターをつけた。

あまりにも動揺していて、とにかくなにかせずにはいられなかったのだ。今はいっしょうけんめいカメを飼うしかない。

ママは冷え性だから温めないと……とつぶやいている自分を、頭がおかしいと思いながら。

＊

そう、私はそのときのことをなぜか昨日のことのようによく覚えていた。

子どものとき、母とこだちと山の向こうの立ち寄り温泉に行った。

父はそのとき東京にいたから、いっしょにいなかった。女三人だけ。

母の運転する小さく白い車に乗って、曲がりくねる山道からたまに見える美しい麓の村を眺めながら、和気あいあいとおしゃべりをして、窓を開けて五月の風を入れて、歌を歌いながらその宿に向かった。

気候、空の光りかた、女だけで浮かれた雰囲気。

なにもかもがちょうどよい感じだった。

その新築の温泉ホテルは国道沿いにあった。近くには小さく澄んだ湖のある洋館のような美術館もあった。そこに寄ってお茶を飲みながら、濃い緑の芝生にすっぽり包まれている湖を眺めた。

それからホテルに行ってチェックインをすませた。そのホテルの裏には小さな林と池があった。外壁も内側もどこもかしこも真っ白だった。私たちはロビーでゆっくり休んだ。ベルを鳴らすと係の人が出てきてビールやワインや冷たいお茶やジュース、好きな飲み物をいくらでもふるまってくれた。

母はビールを、私たちはジュースを飲んでお風呂に向かった。

裏の林と池が露天風呂からよく見えた。

私はかなりしっかりと体を洗ってから温泉に入るタイプだ。

しかし残りのふたりはちゃっちゃっとお湯をあびて体を軽く洗い、すぐに露天風呂に走って行った。よくあんなにすぐにお風呂に飛び込めるなあ、と感心しながら、私は後から露天風呂に入っていった。

すでに茹だって少し赤い顔のふたりは、真っ白な背中を見せて露天風呂の柵に寄りかかって、うっとりと池を眺めていた。

私もお湯に入ってふたりと並んで池を見た。

お湯はぬるくてさらさらしていた。そして池はまるで作り物みたいに午後の陽を受けてキラキラと光っていた。

「不思議じゃない？」

こだちは言った。

「ねえ、不思議よね。」

うっとりとした調子で母も言った。

ふたりの声が露天風呂の石の壁に響いて、夢の中のように神秘的に重なった。

「こうして見ていると、風で立った波があちらに去っていくような、でもこちらに向かってきているような。」

こだちは言った。

「ほんとう、いつまで見ていても飽きないのよ。奇跡みたいにきれい。まるでＣＧみたい。」

母は言った。

私はその言葉にまだ乗り切れない気持ちで、いっしょに並んでみた。

ほんとうにその水は不自然なほどによく光っていた。光の模様の菱形がたくさん重なって動き回り、私までくらくらしてきた。

そのふたりの、全く世慣れていない子どもみたいな様子は私の胸を強く揺さぶった。

昔からものすごくリアルで現実としか思えない夢をよく見る私は、そのときもあまりに変な感じだったので、夢の中にいるのではないか？　と思ったのだ。

私たちは裸できれいな湯につかっていて他に人はだれもいなかった。木々のささやきが風に乗って優しく響き、鳥たちの声が遠く高く、くりかえし聞こえた。

その中で三人はひたすらに目の前の池の激しいきらめきを話題にし、だんだんゆだりながら催眠術にでもかかったようにいつまでもうっとりと見つめていた。

こんなふうに将来に出てくる大切な瞬間だったから、あんなにも不思議な感じだったのだなと思った。

謎がとけるのはいつだってずっと後なのだ。

＊

「起きて起きて、ミミ。」

明け方にそう言われて目を覚ましたけれど、それが夢の中だということはどこかでわかっていた。

夢の中で夢を見ていたのだ。

私の目の前には、朝日に照らされたすっ裸の母が、少し老けてはいたが若い頃とあまり変わらない姿でにこにこしていた。

「体ができましたよ！」

母は言った。

「カメは？」

私は言った。

「何よ、十年以上会ってないのに、そこから？　そこが気になるわけ？」

母は言った。

「うーん、愛着がわいてね……、名前もママの名前を取って、まなびってつけたのに。」

私は寝ぼけたままで言った。

「カメ、いるわよ、そこでキャベツ食べてる。でもね、キャベツ中心というのは良くなかったよ。飽きちゃったし。あとほうれん草はシュウ酸が多くてお腹が痛くなるからやめて。バナナとりんごは大歓迎。それが私から伝える実感に満ちた、カメを飼うときの教えよ。」

母は言った。

窓辺を見るとカメはひたすらにキャベツを食べていた。よかった、ママがここに帰ってきても別にカメは消えないんだ、と思わずほっとした自分が、ママに会えているという大きな感情の動きから逃避していることがよくわかった。

「ママ、なんでもいいから何か着て。」

私は言って、大きなサイズのTシャツを枕元の籠から出した。

母はそれをもぞもぞと着て、大きく息をした。

息をしている、生きてる、と私は思っていた。とても懐かしかった。やっとじわじわと実感が湧いてきた。懐かしい母はまわりを見回して、

「これからどうしよう。だってパパはすっかり死んでるしさ。」

と呟いた。

「あっ、ママ！」

夢の中で、二段ベッドの下の段に寝ていたこだちが目を覚まして飛び起きた。

「わーい、ママだ、ママだ！　成功したんだね！」

そして母に抱きついた。私に足りないのはいつだってこういう無邪気さだな、と私は思った。心は動揺していても落ち着きを装う感じが長女というものの特徴かもしれない。

こだちが母に抱きついて、わんわん泣いているのはとてもすてきな景色だった。

朝日の中、窓辺ではカメがキャベツを食べているぽりぽりという音がしていた。その向こうには柳と山々。

きっと窓を開けたら緑と潮の匂いが混じったあの甘い空気が入ってくるのだろう。

実際にそれを感じたくて、母にも感じてもらいたくて、私は立ち上がって少し窓を開けた。

変な冒険だったしちっとも盛り上がらなかったなあ、と私は思った。正義もない、神秘もあまりない、異様なことはいっぱいあったけれど、どこかが凡庸で淡々としていた。冒険の中にも日常はあるのだから、実際はそんなものなのかもしれない。

「ママ、なんかカメくさい。」

こだちが言った。

「仕方ないじゃない、さっきまでカメの中に居たんだから。もともとそうだったけれど完全ヴェジタリアンでローフードの生活だったわ。」

母が言った。こだちの頭を撫でながら。

世界中の、お母さんが死んじゃった子に見せてあげたい夢だなあ、と私は思った。こんな風に人がいつだって別の世界とこちらを行ったり来たりできたらいいのにね、この世の悲しみがずいぶんと減るのにねえ、と。

「ねえ、私、体がある。」

母は急に気がついたみたいに言った。

「手も、足も、腟にいつも一本だけ生えてくる毛もそのままある。胸だって、首だって。」

そして母は手のひらで自分の鎖骨のあたりを押さえて、ポロポロ涙をこぼしはじめた。

「生きている、またここに来ることができた。でも、どうしてだろう、あの人はいない。」

「あの人ってパパのこと？」

　こだちが言った。

　母はうなずいて、おいおい泣き出した。

「きっとまた彼氏ができるよ。」

　私は言った。

　母は首を振ったが、嘘つけ、と私は思った。でもそれは言わず黙って手を握った。がりがりに痩せて小さくなった母の手はそれでも眠っている時とは違い温かくて、懐かしさがこみあげてきた。だから私まで父の不在を改めて悲しく思った。

　この間このメンバーでいたときは、そこにいたのに。ゴツゴツした肩の、お調子者の、バリトンのいい声をしたハンサムなあのおじさんが。

「今から、全部、ちょっとずつやり直そう。ゆっくりゆっくり生きて、少しずつ。私たちここにいる、残ってる。」

　こだちが言った。

　その言葉は光り輝いてランタンのように私たちを照らした。

　私はぼんやり考えていた。

　墓守くんに同居の提案までしたっていうのに「死んだはずのママが帰ってきちゃったか

らやっぱりふた部屋じゃ足りなかった、三部屋空くまで待つわ、ごめん」って言わなくちゃ。

ああ、めんどうくさいな。そのめんどうくささはまるで光のかけらみたいに、おいしそうできれいで、いつまでもその考えや墓守くんのびっくりした顔を想像していたかった。彼はびっくりしたときにほんとうに目を丸くしてぽかんと口を開ける。その表情がかわいくて大好きだった。

*

そして私はこだちにゆさぶられ、現実の世界でほんとうに目を覚ました。

夢を見る能力があるとゆっくり眠れないし、頭が混乱する。疲れる力だ。神経を使う。この能力は昔からあったのだが、自覚してこういう実践に慣れるまではなにが現実かわからなくなってしまわないように強い意志を持っていないと、頭がおかしくなってしまいかねないと改めて感じた。

「ミミちゃん、病院から連絡があった。ママが目を覚ましてるって。」

こだちは泣いていた。

「知ってた。カメはカメでちゃんと生きてることも。」

私は寝ぼけてそう答えた。

「なに言ってるの、でも大丈夫。確かにカメもそこにいる。」

こだちの泣き笑いの顔は子どものときとなにも変わっていなかった。私たちはきっと成長なんてしていないのに違いない。人なんてきっとずっと変わらないのだ。

「起きて病院に行こう、ミミちゃん。」

こだちは言った。

「うん、起きて病院に行こう。ママに会いに行き、そしてまたママと暮らそう。」

すっと私の喉から声が出た。

私の動揺を私の声のほうがしっかりと土台から支えてくれているかのように。

＊

病室の母は、決して夢の中のように元気ではなかった。

点滴をした細い腕をわずかに動かし、片方のまぶたを重そうに開けているだけだった。

もう片方のまぶたは全く動かせない。それでも確かに母は起きていた。

だ。

こだちは幼児みたいにそう言って、医者の制止もきかずに母に抱きついた。夢とほとんど同じリアクションだった。かなわないなと思った。この反射的な力が母を取り戻したのだ。

「ママ、だーいすき！」

担当の若い医者は眠り病の患者が十数年後に目覚めたことに驚いていたし、これからのこともまるでわからないという話を私とこだちは聞いた。

でも、私たちにはわかっていた。

魂を取り戻した母は、これから驚くべき速さで回復していくだろうということが。

そして実際そうなった。

毎日会いにいったり、リハビリを手伝ったり、東京の部屋を引き払う手続きをしたり（どうせ小さな部屋で荷物は少なかったから）、引っ越しの手配をしたり、母のために服や下着を揃えたりした。

こだちは急速に恋愛の世界に入っていき（それは私にとって見慣れた成り行きだったから、あうんの呼吸で放っておけた）、病院から勇とのデートに直行する日も多くなった。

私が車でふたりを勇の城の門の前に落としたり。門の前でふたりが並んで手を振っている姿はすっかりもう夫婦のようで、微笑ましかった。

ここはしょってもいいところだと思うので、その不思議にゆっくりと過ぎた、夢みたいにぼんやりした幸せの気持ちに満ちた日々のことを、そんなに詳しくは書かない。

つらかったのは、他の眠り病の患者さんたちを後にして病院を出るときだけだった。あんな重い気持ちになったことはなかった。罪悪感なしに過ごすことはできないほど、実際に体も重くなるほどだった。

もうこの病気の人はほとんどいないし、たいていの人が自宅介護でやっていけているのだが、身寄りがないお年寄りが何人か同室で眠っていた。あの人たちは多分目覚めないのだろうな、そう思うと苦しくなった。あの人たちにはいったん目覚めた過去もないし、勇敢なこだちもいないのだから。

当時、母のことをコダマさんと雅美さんは自分たちの家に引き取るともちろん言ったのだが、私たちは病院にお願いしたいと言った。そのほうがつつましく暮らしながらていねいにアイスを作っているコダマさんたちの負担が減るに決まっている。そのかわりお見舞いにしょっちゅう寄ってあげてくださいと。市からお金も出るし（実は勇が出してくれていたのだが）、ケアもきちんとしてくれたので安心だった。

私は東京に出るときいったん母を捨てた。そのこともよくわかっていた。

しかしもはや罪悪感はなかった。全てがこの順番でなくてはいけなかったのだとわかったからだ。私の判断があり、こだちがずっと母の問題をちゃんと抱えていた、この時間の間に私たちは人生の土台を作り、こだちは力を蓄え、私は自分の傷を癒し、虹の家の姉妹や墓守くんやコダマさんや、私もまだ知らない人たちがまるでバクテリアが土壌を豊かにしていくように、この街を変えていたのだ。そのどれが欠けても、母は戻ってこなかっただろう。

ずっと使っていなかった肉体に入るということがどんなにもどかしいかということは母を見ていてよくわかった。

しかし一ヶ月後に母は、車椅子に乗ってではあるが、退院した。

コダマさんの車に乗りこんで「お世話になったのに申し訳ないけれど、もう病院にはうんざり、やった〜！」と満面の笑みで言いながら。

まだ住むところがなかったので、とりあえず母が歩けるようになるまではコダマさんの家にみんなでいることになったけれど、それで私たちのスペースが狭くなっても私たちは全然かまわなかった。

いつでも母の体にくっついていたいとさえ私たちは思っていたから。

私たちは仕事を休んで、毎日植物園でリハビリのために緑の中を歩き、温室のベンチで休んだ。

若いままの姿の、前よりもずっと痩せ細っている母の姿にも慣れて来た。母はしだいに杖をつけばひとりで歩けるようになり、外に散歩に出かける私たちはまるで三姉妹のようだった。

私たちは毎日のようにお昼を植物園の温室のベンチで過ごした。

秋の透明な光に包まれた南国の植物たちに囲まれて、お茶を飲んだり、小さなおにぎりを食べたり。

みなに再び愛され、ゆっくり歩き、きちんと食べることで母はじわじわと回復していった。

しぼんだ風船が空気を得て膨らむように。枯れかけた花が水をやると活き活きと頭を持ち上げるように。

＊

コダマさんは店が忙しかったし、墓守くんは家族水入らずでどうぞと遠慮したので、とりあえず母と私とこだちと勇の四人で芋煮の会をもよおすことにした。

母の力によって、芋煮はものすごくおいしくできた。私たちだけだったら、多分ふつうにネットで調べてよくイベントで作られるような芋煮を作っただろうと思う。

しかし母はさらに調べ、きくち正太さんの「おせん」をわざわざ取り寄せて作り方を学んだ。勇に一斗缶のコンロまで作成させて、さすがに里芋を洗う装置までは作らなかったが、鶏がらと昆布でしっかりとしただしを取り、みりんもお酒も味噌も入れず、きのこと里芋とねぎと地鶏で明るい秋空にしみいるようないい匂いの「芋煮」ではない「いものこ汁」を完成させた。

そのおいしさと言ったら、涙が出るくらいだった。勇が実際にこっそり泣いているのを私は目の端でとらえた。

「こだちさんにはもうお話ししたのですが、ここにみんなで住みませんか？　気づまりなら棟を変えてもらってもかまいません。もし良かったら客用の部屋なので少し壁をぶち抜いたり、キッチンを改装したりします。大理石が冷たい感じであれば、フローリングに貼り替えます。」

ひとしきりいものこ汁を食べた後で、勇はふいに言った。

不思議なことに、母は初めから勇の言葉を聞き取った。こだちでさえも「最初おうちに来たときはなんだかわからないからにこにこしてた」と言っていたくらいなのに。

「ずっとひとりでおうちにいたのに、急にその変化はきついと思いますよ。」

母はさとすように、子守唄を歌うようにそう言った。

「いいえ、変化は、大きくしてしまったほうがいいと思うんです。あなたたちは何かを奪う人たちではない。与える人たちだ。信頼できる。それに今がそのタイミングなんです。こちらでのお住まいも見つけなくてはいけないわけですから。」

勇は言った。

「わかんないよ、そういう与える感じの人たちがいちばんたちが悪いのかも。目に見えないものを奪うかもしれないよ〜。」

私は言った。

「やめてくださいよ、話が深すぎます！」

勇は言った。

「私はまず、人の家に居候としてお世話になるっていうのが性に合わないんだよ。」

私は言った。性分ばかりはどうしようもない。

「でも、今はこだちとママとあまり離れたくない。先のことはわからないけれど、しばらくはいっしょに暮らしたいという気持ちがあるのは確かなんだ。」

こだちと母はしっかりうなずいた。同じ気持ちであることを確認した。こだちは彼と結婚すると決めているが、それでもしばらくは家族三人ががっちりいっしょにいて、何か目に見えないものを調整する期間が必要だと感じていると言っていた。

「私は、勇さんのところと、ママのところを行ったり来たりしてしばらくは過ごしたいので、この家の中にママとミミちゃんがいたらわがままだけれど超幸せ。」

こだちは言った。小さな体に大きな決意と力。それがこだちだ。こだちのひと声は世界を動かす。世界の色を単純に強引に変えていく。私はその大胆な色彩を見るのが好きだった。

「そうしようか。勇さえよかったら、しばらく下宿させてもらおうか、私とママは。でも、家賃は少しだけれどお支払いさせてくださいね。」

私は言った。

「私は食事を作ります。」

母は言った。

「家族ができることが、僕にとっては財産です。愛する人のご家族との同居は僕にとって当然のことです。お金はいりません。」

勇は言った。

「それなら、私たちがお渡しするささやかなお金を毎月貯金しておいてください。それで離婚とか事故とか私がまた病気になるとか、万が一のことがあったら、それをこだちにそっくり渡してください。」

母は言った。

勇はうなずいた。

この大きな城の前の道のいちょうが黄色くなるのはもう少し先、私たちがここに住む頃にはこの城の門のあたりはきっと金色の海になるだろう。

「夢のようなお話ね。」

母は言った。

「恐怖の城、カナアマ家の中に住むなんて、考えたことはなかった。この中庭にほったて小屋建てていい？　だってなんかここ全体的に天井が高いし、広過ぎて落ち着かないんだもの。」

私は言った。

「中庭は僕のこだわりの設計なんです、ミミさん、やめてください。いちいち僕をいじめないでくださいよ。わかっていて言ってるんでしょう？」

勇は言った。

「あなたってなんだか、ついいじめたくなっちゃうキャラクターなのよ。でもほんとうにもしここに住んでいいのなら、森や遺跡が私の庭みたいになるんだね、なんてすてきなことだろう。」

私は言った。

植物園は遠くなるけど毎日古代人の作った丘に登れる。すっかり仲良くなったブルドッグのマーセリンといっしょに。今や私と勇で彼女の散歩を取り合うほどだ。

芋を煮ている間もマーセリンは私にぴったりと寄り添い、いつでもその背中にもたれさせてくれる。もう私は勇のふさふさに顔を埋めなくてもよくなった。彼にもたれかかるのはこだちだけでいいし。

ここに住むのなら、この街を全く違う角度から見てやり直すことができる。しかもこんな面白い場所に住めるチャンスなんて人生にそうそうない、私がちょうどそう思ってそちらにぐっと傾いていたとき、母は勇をしっかり見つめ、正座して言った。

「それではその申し出、正式にお受けしてもいいでしょうか？　コダマ家に住むのも、新しく三人で家を借りて、そこからこだちがここに通うことも、ちっともピンと来ないのです。勇さんの住む棟にはむやみに行かないようにしますし、食事などご迷惑でなければいろいろお手伝いしますから。じゃまになったらいつでも出ていきます。今は三人が同じところで暮らすのがとてもだいじなときなんです。

私はなぜか今生きていて、そしてこれからも生きていかなくてはいけないし、それだったらその生を幸せなものにしたい。娘も幸せで私も幸せで、生きているというかいをこれからまた見つけたい。それが生きるということだと思う。今はそのことに賭けていたいのです。そしてなによりだいじなことは、そのことに時間をゆっくりかけたいのです。いつその暮らしが、だれとだれが、解散してまた違う場所に行くのかはだれにもわかりません。でも今はとにかく、いっしょに暮らしたいのです。」

母は言った。

勇はしっかりとうなずいた。

「みんなにとっては大昔でも、私にとっては一瞬のうちにいつのまにかいなくなってしまったパパのことは一生忘れない。でも私はここでおばあちゃんになって、たくさん孫を抱いて、この手で新しい世界のページを押し開いていきたい。もうそんなことを言えるなんて、私は冷たいのかなあ。」

母は遠くを見るような目をしてそう言った。

「まるで浦島太郎みたいに、ママがこの世界の美しさにもう一度帰ってきたなら、私はそれを受け入れていきたい。それがパパに対する供養なんだと思うんだ。私だって、ママがここで眠っているのに疲れ果てて東京に行った。でもその期間に身につけたものや癒しはこれからの私たちを支えてくれる。しかたなくそういうことってあるんだと思う。それに、パパはすっかり許していたよ。」

私は言った。

「なんでわかったの?」

母は言った。

「夢の中でパパに会った。」

そして私は続けた。

「ねえ、ママ。ママが一度目覚めて事故のショックでまた眠ってしまったということは、これからもまた眠ってしまう可能性だってゼロではないっていうことだよね?」

言いながら私は思わず涙をこぼしてしまった。

母がいる毎日があまりにも自然で快適だったから、考えただけで悲しかった。

しかし母はうっとりした笑顔のままで、首をゆっくりかしげるように動かしながら優しい声で言った。

「そうねえ、でもそのときはそのとき。今日いちにちを思い切り楽しく一緒に過ごしましょう。それしかない。そんな設定はもうないということに心に決めて、どうであろうと、生きるしかないわ。毛の生えた赤ちゃんをいっぱい抱っこしたいし。生えてないほうもあなたが産んでくれるかもしれないし。赤ちゃんって未来そのものだからね。」

「あっちだって、毛むくじゃらにならない確率のほうが高いと思うよ。」

　私は微笑んだ。

＊

　お店を手伝いに行ったら、雅美さんが「ミミちゃんあてに手紙が来てたよ」と言ってその手紙を私に渡してくれた。

　とりあえずエプロンのポケットに入れ、休み時間に取りだしてみた。

　虹色の封筒の中に、丸いレースのような模様でできたカードが入っていた。

「体を離れて姉の中に遊びに来ましたね　すべて丸く収まっていますように願っています☆」

　と書いてあった。

　あの少女の目の下の星を思い出して、私は少しぞっとしながらも、感謝を感じて目を閉じた。

　虹の祈りの中で私たちは数日間踊った。

ただそれだけのことだったのかもしれない。

だとしたらあの人たちが通じている神さまかなにかだかに、感謝しなくてはいけないないなと思った。

私も祈った。

「私の感じている光や花の香り。街で見かける人々の楽しそうな顔。空を渡っていく風が降りてきて頬をなでる感じ。夕暮れの海のさざめき。堤防に当たる波のきらめき。柑橘をむいたときのぷしゅっという勢いあるしぶき。きらきらした鱗の新鮮な魚。霧に包まれた神秘的な朝の空気の濃淡。そんなものがみんなあの姉妹に届きますように。」

祈りは虹の橋になってきっと彼女の世界に届くのだろう。

あの妹はそれを感じて気味悪く微笑むのだろう。

一億円をもらったのと全く同じように嬉しそうに。

*

来週には壁を抜いたり、床を貼り替えたり、水回りを整えたり、とりあえずの大きな改装も終わり、私達は勇の大きな家のふた部屋を借りて、ほとんど荷物もなくキャンプのような暮らしを始める。

こだちは勇のいる棟で暮らし、私と母の実家組は別棟でそれぞれ一部屋を持って。母と私の部屋は風呂は別々だが、広々したリビングとキッチンは共通だ。リビングには大きなソファーがあり、母はそのカバーをパッチワークでこつこつ作っていたが、まだまだ完成には時間がかかりそうだった。しかしそういう時間こそがリハビリなのだと思う。リビングには私の希望で畳の間もある。こだちはそこに入り浸ることになる、そんな気がする。

それでもきっと勇の孤独はすっかりまぎれるだろう。

子犬……じゃなかった、子どもが生まれて来る日を私たちはみんな心待ちにしている。たとえサッカーチームが作れない一人っ子でとどまっても、私たちはみんなその子を溺愛するであろうことはすでにわかっている。

＊

たったひとり、母が眠ったきりでいたということがどんなに他の人の人生に影を落としていたか、それでも人は生きていかなくてはいけないということも、ほんとうの意味でわかってきた。

私たちは食べ、眠り、人生を夢見る。それは人の夢であってはいけない。それぞれが自分の夢を生きて、それを他の人も尊重する。そして他の人の夢も自分の色をつけずに尊重する。それが重なり合って調和していく。それしかできない。私の夢は野獣と結婚することではなく、うっとりとパッチワークを作ることでもないし、墓場を清めることでもない。新しい空気の来るほうへと顔を向けて行動するのが、私の好きなことだった。

たったひとり、母が目覚めたということで、どんなに世界に光が差したか。

それはもう、しばらくの間はごきげんで、道を歩いているだけで嬉しすぎて泣いたり笑ったり、家に帰ったら母がいるというだけで帰る足どりがいつのまにかスキップになってしまうような、そんなことなのだった。

墓守くんがただひたすらに墓を掃除して、あちこちに花束を置いてくるだけで、結果的に私が人生を取り戻すことができたように。

こだちが怪力でがむしゃらであきらめを知らずに動いただけで母や男を得て、家族の住むところまでいつのまにかなんとかしてしまったように、私は私を発揮しよう。私の愛を花束にして私もまたあちこちに、そっと置いてこようと思う。そんな人生にしたい。

朽ちても消えない、枯れてもいつか必ず人の心に芽を出す。その代では叶わなくても次の代でなぜか力を発揮し始める。そんなささやかだが強力な夢の魔法の力を人はだれもがきっと持っているのだ。

＊

「ママ、ほんとうにごめんね。」

その日、こだちは東京の仕事にひとりで行っていた。私と母はふたりで植物園に行き、冬の初めの涼しい世界から急に夏のようなもわっとする空気の温室に入り、二人でいつものベンチに座っていた。

私たちの間には母が作った小さく可愛いタマゴのサンドイッチが黄色い花のように置かれていた。母のとても甘くてふわふわしてバターがいっぱいのタマゴサンドだ。こだちと東京の部屋でいくら再現しようとしてもできなかった、母だけが出せる味。徹夜で作って何回もタマゴサンドを食べて気持ち悪くなるまでがんばったのに。今となってはあのぺらぺらの壁の小さい部屋で、こだちと真剣に卵を焼いた夜のほうが懐かしい。

喜ぶと思ってこだちの分はちゃんと冷蔵庫に取ってあった。

「何？」母は言った。

「こだちはずっとママは目覚めるから絶対離れないでいようって言っていたのに、私はコダマさんたちの経済の事情とか、私たちの将来とか、もしもママが目覚めなかった時の私たちの人生のこととか、いろいろ頭で考えて、東京に行くことにしてしまった。逃げ出してしまった。必要なことだったとわかっているから、うしろめたさはもうない。でも、あやまりたいの。

それで本当に申し訳ないと思うんだけれど私たちとても楽しかった。ここにいたときはずっと事故のこととか、コダマさんに迷惑がかかるとか、ママが目覚めなかったらどうしようとか、あの病院にいる眠り病の人たちの姿とか、そういうものに霧のように覆われていて、私たち、いや私はどんどん何も考えられなくなっていった。

でもそれは全部私が恐怖の中で生きていたからだということに最近気づいた。本当はここに住んでいたってママのそばにいながらだって、私はわかることができたはずだった。ここだちと違って弱虫で、ママから逃げてしまった私を許してください。本当にごめんね。」

すると、すごくびっくりした顔で母は言った。

「なんだそんなこと？　私はそうしてくれたのが嬉しいけど。だって眠っているのは私の人生の問題であってあなたたちの問題じゃないもの。好きなだけ自由に楽しく暮らしていて、それで会いにきてほしい、私はそう思っているのよ。起きてようが寝てようがいつだって今だってそう思っているの。あなたたちが楽しくしていたら私もたくさん元気をもらえるでしょう？

　赤ちゃんだったあなたたちのこと、大好きだったけれど、ずっと赤ちゃんだったらきっと飽きちゃったでしょう？　あなたたちが育ち、新しい動きをしてくれるダイナミズム、その力で私も対応して動く。そんなふうに世界はできているんだから。いつだって動いてる、変わってる、流れてる。そういうのを味わうのが生きてるってことだもの。

　すごくおめでたい考えに思えるかもしれないけれど、とても長い間生きているとそういうふうに思うようになってくるの。だって、黙っていたって生きていくことって体の調子が悪かったり、なんとなく沈みこんだり、親しい人と諍いを起こしたり、そんなことしているあいだにいつのまにかお別れのときが来る。そんなものでしょう？　だからなるべく好きな人には上機嫌でいてほしいと心から願うようになるのよ。」

　そして母はタマゴサンドをパクッと食べた。口のはしについた小さな黄身のかけら。生きてる、と私は思った。いつまでも母の口がもぐもぐ動くところを見ていたい。サボテンやトックリヤシやブーゲンビリアやタロイモたちが、私たちを秋の終わりの冷たい気配から南国の気配で守ってくれていた。

　私はこれからやってくる深い気配を持った冬や凍りつくような空気、霧深い季節を嬉しく迎えるだろう。

でも、今はしばらくこのままで、生そのものをタマゴサンドといっしょに味わっていたかった。こんなすてきなことがまだまだ味わえることに、気づいた喜びを抱いて。風のような動きを失った私の精神はいつのまにかそこまで死にかけていたのだ。

*

「ねえ、ミミちゃんがいなかったら、とてもとてもママを取り戻せなかったよ。」

引っ越しのために実家の部屋の整理をしている私に、こだちは二段ベッドの下の段にごろごろ寝ながらそう言った。

こだちはいつも私より荷物が少ないので、とっくに整理を終えていた。そもそも服も取っておかないタイプで、作って着たおして捨てるか、サンプルを着ているか。実に経済的な人だ。

私は彼女と違って本とか古いTシャツをやたらにためこんでいて、それらを苦労して片づけていた。小学生のときの短パンとか水鉄砲など取っておいてもしょうがないものまでたくさん出てきて、それを次々にゴミ袋に放り込んでいるところだった。

「いや、君はすごいよ、こだち。その行動力、無邪気さ、意志の強さ。どれを取っても決して敵わない。素直にそう思います。」

　私は言った。

「それはミミちゃんがいるからだよ。ミミがいるから勘が働くし、自分も動ける。ずっと闇の中でミミの光を見ていた。方向を間違わないように。ミミはいつもあのとき見たUFOみたいに虹色に光っていた。あれがなかったら、たやすく迷ってしまって、もう戻れなくなったと思う。」

　こだちは言った。私は答えた。

「私が虹の家に行ったからかな？」

「それでミミちゃんに自信がついたのかな。でもそんなのじゃない。ミミちゃんはまるで闇夜の海の灯台みたいだった。私の心がおかしくなって消え入りそうになると、ぐるん、ぐるんとその光が意外な方向に見えて私を照らした。意識だけの世界では感情が夢の中の世界みたいにすごく大きくなる。感情が自分を殺すほどにとがることがいっぱいあった。今までしてきたよくないことや、自分が鈍感なあまりに人にしたひどいことなんかが、たくさんのしかかってきて私を押しつぶしそうになったとき、ミミちゃんの光を探すと、そこには必ずミミちゃんの存在があった。ただ闇に輝くミミという存在がそこにいるというだけで、私はよみがえった。そんなあり方ができる、それだけでいい。気が小さくても、意外に乱暴でも、気まぐれでも。いるだけでいいんだ。私は救われた。」

こだちは私を見ないで（照れているからではなく、がさつ。そういう人なのだ）、雑誌を見たままでそう言った。これから作りたいイメージの服のところだけ三角に折ってあった。これからのこと、小さいけれど新しいことの光のかけら。

こだちの髪の毛が顔にかかって揺れる。それは今ここに生きているということだ。ほんの少しの間しか、体を持ってこの世界で遊べない私たち。息をしているから、お腹が少し上下している。生きているからまつげの端にちょっと目やにがついている。

そんな全部が急に色がついたみたいに、私の灰色の世界に戻ってきた。

「なんか最後のほうがちょっと気になったんだけど。」

私は言った。

「こだち、ところでそんなに簡単に、急に、人生のパートナーを決めちゃっていいの？経済的にもお世話になるなんて。正直、ちょっと気がひける。」

「手伝えばいいよ、いろんなこと、いっしょにうんと手伝いながらなあなあにならずやっていけば。光熱費や水道代はちゃんと払う気持ちでメーターもつけてもらったもの。それでもしあの家を追い出されたり、勇さんが破産したり、私が彼を、彼が私を嫌いになったりしたら、いっしょに三人でまたどこかに行って、住むところを探そう。でもそのことを想像しただけで、勇さんをもうひとりにしちゃいけないと思えるくらいだから、大丈夫だと思う。それからもしもママが恋愛して再婚したり、ミミちゃんがあの家に飽きて出ていったら、あそこがこの街でのふたりのもうひとつの実家になるといいなと思う。」

こだちはにこにこしながら言った。

一個一個許されて、そのことをひとつずつ自分のいいところに変えてもらって。少しずつほどけていって。

この人たちにひどいことをしていたかもしれない、自分の悪いくせも宇宙に溶けていきそうだ。私が私を見る目よりもずっと優しいこの人たちの、ひいき目メガネの中で生きていたい。そうしたらもっと自分を好きになって、この人たちにも、他の大好きな人たちにももっといいことをしてあげられるかもしれない。

私もそんなふうに、大目に見たり、許したり。その力が相手を押して、空気が動く。そうやって夢の風が吹いていく方へと変化しては動いていく。自然、宇宙、その戯れ。これが人生。

「いるだけでいいなら、まあ、なんとかやっていけるかも。」

私は言った。

シロツメクサの原っぱに寝ころんでダンゴムシを探していた頃みたいに素直に、そう思った。

片づけが終わったら次は何をしようか、あの家に住んだらどんな日常の冒険が待っているのか。ただ未知なるものを楽しみにする気持ちだけが残った。

あの変な城の中で起こる日常の冒険譚、おとぎばなしのようなほんとうの話がこれからスタートするのだ。

段ボールに囲まれながら、私はその未知を夢見た。

あとがき

私がファンタジーを書くなんて、世も末だなあと思う。

これからは、このたいへんな時代を生きていく若者たちに素直に道を譲りたい。そして「おお、こんなにイケてるばあちゃんがいるなら自分もがんばろう」というような人になってサポートをしていきたい。


架空の世界を描くということを昔からしてみたかったが、ここまで現実から逃げている私だから多少は現実を取り入れたほうがバランスがいいだろうと思い、長い間避けてきたことだった。

しかしこのような時代になると、もうこういうものでしか人の心に力をあげられないなと思った。

だからこそ、これを読んでいる間は「なんだかこの人たちみんなぼやいてばかりいるけれど、なんとなく気持ちが落ち着くなあ」

「こんな人たちがいたら友だちになれるかもしれないし、生きていきやすくなるかもしれない」そう思ってほしいし、そう思ってくださる人たちの心に、命の水のようにしみこんで魔法をもたらすような書き方をしている。五十年かけて会得した秘密の書き方を。

ファンタジーというよりも哲学ホラーと呼んだほうがいいかもしれないこの小説のシリーズは、特に盛り上がることもなく、主人公たちがぶつぶつ言いながらなんとなく続いていくという点においては拙著「王国」シリーズによく似ていると思う。そんなつもりで読み進めていただけると嬉しいです。

私の人生の中でもかなり重要な位置にある連作となるので、私の人生にとって重要な人物たち、原マスミさんのイラストと中島英樹さんのデザインにより、原点といえる場所からスタートしたかった。叶ってとても嬉しい。

そして長年共に働いてきた幻冬舎の石原正康さん、壷井円さんにより、この本は世の中に出してもらえる。

こんな幸せなことがあるだろうか。

孤独なこの仕事、ずっとそばにいてくれて味方だったこの人たちに心からありがとうを言いたい。そしてもしも神様がいるならこんなすごいことを叶えてくださったことに感謝を捧げたい。


思えば三十年、常に書き続け、自分の事務所を経営してきた。

この小説以降は、半分引退してひとりになる。これまで事務所でいっしょに働いてくださった全ての人に心から感謝している。

初めてのことだし、とても淋《さび》しい。

しかし新しいステージに入っていくのはいいことだと、そしてその延長線上でいつかはこの世を去っていくのだと、わかる年齢になってきた。

いろいろな人を傷つけて生きてきたが、小説だけは人々を救ってきたところがあると自信を持って言える。それはいろいろな読者の方々からの温かい言葉やリアルなエピソードで身にしみてわかる。

あるときのある夜、私の本が確かにその人たちの魂を助けようとしたことが、伝わってくる。決して驕《おご》ることなくこつこつと歩いてきた道は、振り返ればお花畑になっていた。

第二話「どんぶり」をお楽しみに！

そしてもしよかったら、このくせのある、不器用な人たちを心の友にしてあげてください。この人たちは私が創った人たちではなく、あの街で今日も生きているのです。

文庫版あとがき

時代は変わって、ファンタジーがファンタジーではないような雰囲気になってきた。

政府が大まじめに地球外生命とのコンタクトについて発表したりしている。

そう思うと、どこかにこんな街があるのかもしれないし、こんな人たちがいるのかもしれないなとますます思うようになった。時代が勝手に作品に追いついてくれるなんて、なんてついてるのでしょう。

「キッチン」のときからの担当の根本昌夫さんが、この小説を読んで「このシリーズのすごさはもはや、俺にしかわからない」とおっしゃった。

私はその言葉がとても嬉しく、そういうトリックを仕掛けているという意味ではなくて、読んだ人がそれぞれもしそう思ってくれたなら本望だなと思った。

ある人にとっては、ただ長く、会話が多く、設定も甘く、特になにも起きずに口の悪い主人公たちがそこにいるだけの小説。

でも、ある人にとっては、自分の内宇宙への危険な旅立ちへのガイドブックになっているような、そんなものを書きたい。

2020コロナ真っ盛りの春に　　　吉本ばなな

この作品は二〇一七年十月小社より刊行されたものです。
JASRAC 出 2004759-001

吹上《ふきあげ》奇《き》譚《たん》
第一話《だいいちわ》　ミミとこだち

吉本《よしもと》ばなな

令和2年8月10日　初版発行

発行人――石原正康
編集人――高部真人
発行所――株式会社幻冬舎
〒151-0051東京都渋谷区千駄ヶ谷4-9-7
電話　03(5411)6222(営業)
　　　03(5411)6211(編集)
振替00120-8-767643
印刷・製本―中央精版印刷株式会社
装丁者――高橋雅之

幻冬舎文庫

ISBN978-4-344-43014-3　C0193　　よ-2-34

幻冬舎ホームページアドレス　https://www.gentosha.co.jp/
この本に関するご意見・ご感想をメールでお寄せいただく場合は、
comment@gentosha.co.jpまで。